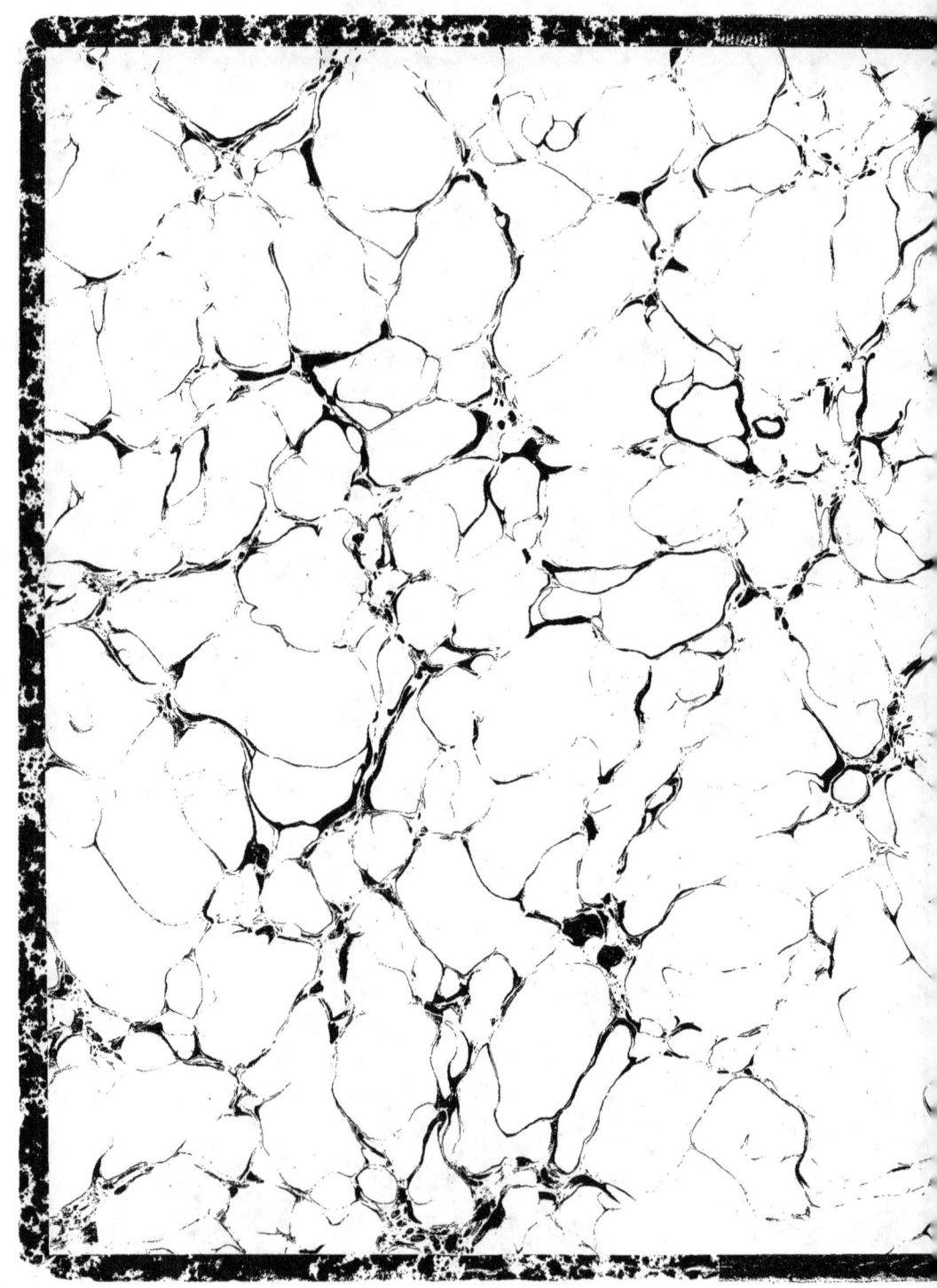

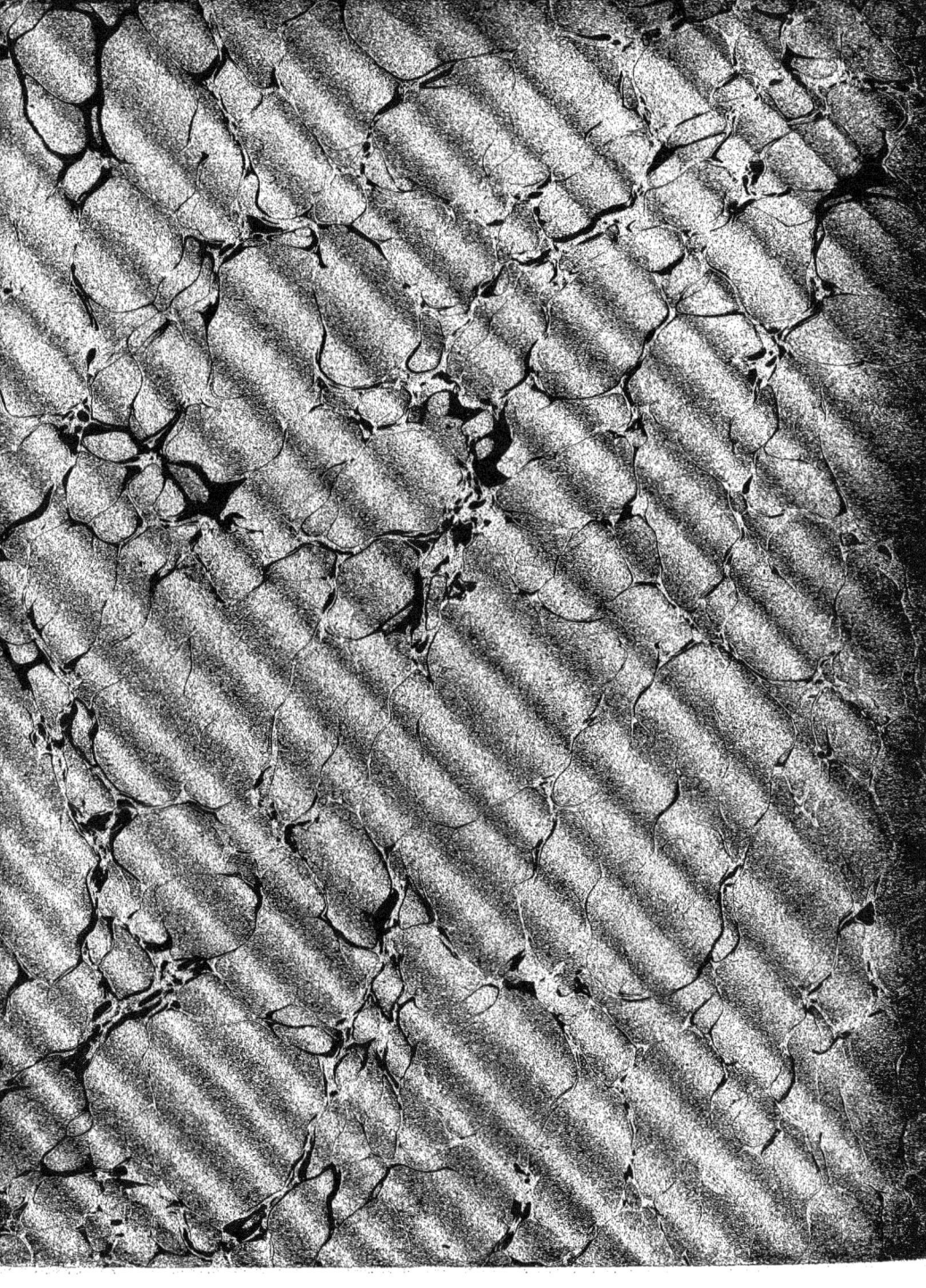

ILSÉE

PRINCESSE DE TRIPOLI

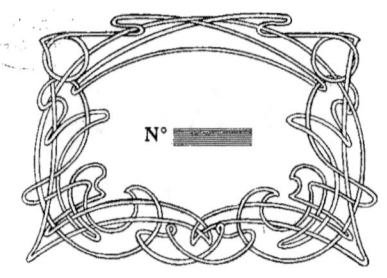

N°

ROBERT DE FLERS

ILSÉE

PRINCESSE DE TRIPOLI

Lithographies de A. MUCHA

L'ÉDITION D'ART

H. PIAZZA & Cⁱᵉ, Éditeurs, 4, rue Jacob

PARIS, MDCCCXCVII

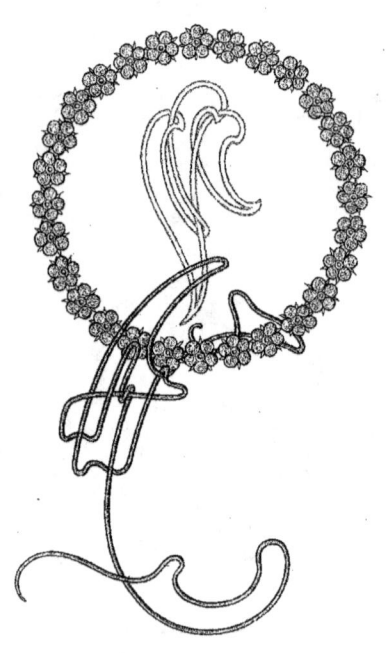

I
PARTIE

CHAPITRE 1

aufré Rudel, le père même de Jaufré Rudel, le troubadour dont l'amoureuse aventure emplira ce récit, était prince de Blaye vers l'an 1140. Les bonnes gens, manants et vilains, au pays de Sain‚ tonge, donnaient volontiers ce titre aux seigneurs et châtelains que la langue latine désignait sous le nom de DOMINUS et que le français, d'une appellation plus seyante, désignait par le vocable de sire.

La bonne ville de Blaye relevait à vrai dire des comtés d'Angoulême, mais ceux‚ci de bonne heure la cédèrent aux cadets de leur famille et les premières années du XIe siècle nous montrent Arnaud Rudel, fils de Geoffroy Taillefer, comte d'Angoulême, menant joyeuse existence dans les belles métairies qui étageaient sur les collines bordant la rivière Dordogne leurs grasses prairies sous l'ombre douce et parfois fleurie des pommiers sauvages.

La race des Rudel jouissait d'une robustesse peu commune. Ils mélaient au goût de la bonne chère une vive inclination pour les joies de l'amour.

Mais entre tous les Rudel on ne se souvenait pas, vers 1140, d'avoir jamais vu un plus rude compagnon que Jaufré. Il avait un jour, au retour de la chasse, vidé à lui tout seul un tonnelet de vin du Rhin, et comme il avait encore soif le tonnelet vidé, il but à même un broc d'étain plus de cent gorgées d'eau-de-vie, ce que ayant fait il dormit tout habillé, les cheveux parfumés d'une légère odeur de vendange, sur la nappe peluchée où se relevait en bosse l'écusson armorié des Comtes d'Angoulême. Son prieur, l'excellent Adalbert, en traversant au petit jour la salle du festin pour se rendre à matines, et apercevant son maître en cet état, pensa que c'était Bacchus lui-même que les nymphes avaient abandonné après avoir écrasé des grappes de raisins sur sa large bouche. Mais ayant remarqué, peut-être avec une légère déception qu'il n'osa point s'avouer à lui-même, que les nymphes n'étaient plus là, Adalbert revint à une moins avenante réalité et, après avoir séché le broc d'étain qui contenait encore quelques doigts d'eau-de-vie, il remonta dans ses appartements, renonçant pour ce jour à matines, tandis que sur l'eau tranquille des étangs endormis, tout un monde fragile et charmant de plantes et d'oiseaux semblait communier sous les espèces blafardes d'une hostie gigantesque : la lune.

Les aventures de Jaufré ne se comptaient plus. Il se vantait du nombre de ses bâtards et prétendait en avoir assez pour marcher contre le roi de France, ce en quoi il exagérait un peu. Pourtant les fonts

baptismaux ne cessaient d'être le lieu de cérémonies imposantes. Jaufré ne manquait point, par une touchante attention, la collation de ce sacrement, et, le jour où l'on vint lui dire que la saline où l'on prenait le sel destiné à la chapelle était épuisée, il en ressentit une si grande joie qu'il éprouva sur-le-champ le besoin de parler d'amour à une jeune bergère récemment engagée par un de ses métayers. Je n'ose affirmer si le Seigneur s'en tint là... Ce sont des choses qui réclament de la discrétion. Toujours est-il qu'en s'attablant devant son souper, au milieu duquel fumait une carpe de taille prodigieuse, Jaufré s'écria en présence de l'écuyer tranchant, qui le répéta à la femme du premier échanson qu'il aimait fort, (ce qui explique surabondamment comment il se fit que, le lendemain, il n'était point à Blaye de manant, eût-il les ongles rognés jusqu'à la chair, qui ignorât les nouveaux sentiments du maître) : « Sa personne est si gentille, si jolie, et je l'aime si fort que je veux encore demain la baiser jusqu'à ce que la bouche me fende ! » Jaufré recommença-t-il ? Les colombes qui résident dans les grottes de la forêt le savent seules, et les colombes ont tant de choses à dire aux ramiers qu'elles n'eurent point le loisir de conter cela aux bûcherons. La bouche du seigneur ne fendit point, mais la bergère Clarette mit au monde quelques mois après (on n'en sait point le nombre, les poètes ayant songé sur ce point à contredire les historiens) un petit garçon si parfaitement beau, que la mère de Clarette, qui était femme simple, pensa être devenue l'aïeule d'un ange du Paradis. Il fallut que la bonne femme s'aperçut qu'il n'avait point d'ailes pour

consentir à reconnaître son erreur. Jaufré
très ému de cette nouvelle voulut donner
son propre nom au nouveau-né, puis il alla
trouver son épouse dont il ne se souvenait
qu'en de rares occasions et lui demanda de
lui permettre d'adopter et de soigner son
bâtard, le petit Jaufré. Elle lui répondit
qu'elle ne le voulait point, que ce serait faire
grand dommage à son propre fils Gérard et
que sa fille Eymardine elle-même, en serait
contrite.

Mais Jaufré fit valoir de telles raisons que
la châtelaine de Blaye s'empressa de trouver
que c'était fort bien fait. Celle-ci, d'ailleurs,
mourut peu de temps après d'une maladie
dont on ne put fixer le nom. Son fils Gérard
succomba à un mal qui eût été également
inconnu si sa mère n'en avait été victime le
matin même.

Pour célébrer leurs âmes, Jaufré envoya

un reliquaire d'or, où s'enchâssaient les beryls et les émeraudes, rehaussés par de petites roses, faites de pâles rubis semés sur fond d'émail, au couvent de bonne et sainte renommée qu'avait fondé en l'an 1125, Enimie, fille du roi Clotaire, à l'endroit même où une source claire avait jailli et guéri la lèpre qui souillait son visage et cela en dépit de sa volonté, car ce mal affreux lui avait été accordé par le ciel sur sa prière pour détruire la beauté incomparable de son corps, qui n'était point sans la gêner durant ses pieux voyages.

Malgré ces saintes pratiques, Jaufré n'abandonnait point les orgies auxquelles jusqu'à ce jour il prenait grande joie. Plus d'une fois matines sonnantes, le trouvèrent attablé devant les brocs de vin, ou plutôt sous la table de vieux chêne. L'automne était sa saison favorite; le spectacle des vendanges le transportait d'aise; il avait coutume, le soir, d'assister au retour des travailleurs. Les vendangeuses, les lèvres encore toutes barbouillées de raisins, lui souriaient et lui souhaitaient la nuit heureuse. Puis le soleil tombait à travers la forêt, et l'ombre enveloppait les branchages, les mêlait, en rejoignant leurs fines découpures, par des feuillages de ténèbres. Les baisers essuyaient sur les lèvres la douceur du vin nouveau; et dans la fraîcheur de la soirée les jeunes amours se formaient peut-être sans lendemain, plus belles d'être éphémères et de ne durer que la semaine où les raisins gonflés d'or liquide, font ployer la vigueur du vieux cep.

Jaufré connut les lourdes ivresses, les longs sommeils, tandis que le

vin répandu sèche sur le carreau, et aussi, vers le soir, les réveils étonnés, et encore les joies des possessions inattendues et les féroces plaisirs de la vie brutale où il se ruait furieusement... « Mais il n'est si bon cavalier qui ne crève l'animal, lorsqu'il veut aller trop vite » avait coutume de dire Monsieur le Prieur, au jour de Pâques, où les festins invitent à de coupables excès. Et cette sage parole ne toucha point le cœur du Seigneur, auquel pourtant elle s'adressait directement. « Bah, disait-il, tant qu'il y aura du vin pour la messe, j'en boirai tout ce que le décidera mon plaisir. » Mais le temps apporta quelque tempérament à ces folies...

Un jour d'automne qu'il se promenait par la forêt, Jaufré s'aperçut que les feuillages gémissaient sous le vent plus froid et que l'horizon se chargeait de brumes. Cette pensée l'étonna et l'attrista ; il voulut chanter pour se distraire ; le bois était sans résonnance ; il voulut boire du vin, il le trouva fade et sans agrément.

Jaufré peu à peu se chargea d'années. Ses folles équipées n'avaient pas été sans apporter quelque trouble dans sa santé. Aujourd'hui il ne pouvait plus manger à son repas qu'un seul oison et quelques membres du second ; le troisième restait intact pour les serviteurs. La chasse lui parut un plaisir fade, les femmes lui semblèrent plus jolies et moins désirables et les pénitences que lui infligeait son chapelain devinrent de plus en plus légères. Comme il s'ennuyait, un soir où

l'automne donnait aux bois des vêtements tristes et beaux d'or éteint, sur un ciel mélancolique, le seigneur de Blaye résolut de savoir ce que devenaient ses deux enfants, Eymardine et Jaufré. Il jugea qu'ils devaient avoir plus de quatorze ans et cette pensée ne fut pas sans l'attendrir. Il fit donc appeler le savant Ebler et le saint prieur Adalbert qui étaient chargés de l'éducation du jeune homme. Puis, attendant que ses ordres fussent exécutés, il s'étendit dans le haut fauteuil de chêne, aux torsades annelées d'ivoire, les pieds bottés de cuir et allongés sur un tabouret représentant, parmi des roses, deux chimères qui se tiraient la langue.

Jaufré dormait depuis un long moment et le sablier était à peu près vide lorsque la porte de la grande salle grinça sur ses gonds.

Deux hommes entrèrent et s'inclinèrent respectueusement. Un grognement sourd précéda le réveil du Seigneur qui s'étira longuement, se frotta les yeux et dans un effroyable bâillement montra une gorge prodigieuse munie de crocs formidables.

Les deux personnages, qui venaient ainsi troubler le sommeil seigneurial, n'étaient autres que le savant Ebler et le saint prieur Adalbert.

Le premier, tout habillé de velours violet, râpé jusques à la trame (sans doute quelque vieille robe épiscopale achetée à un brocanteur bavarois), avait le visage osseux et maigre et assez semblable, quant à la couleur, à ces grosses olives que les paysans provençaux gardent comme phénomènes sur les buffets de vieux bois de leur cuisine. De petits yeux pâles clignotant comme des chandelles mal allumées, sous le vent du nord, éclairaient de lueurs fauves la place dégarnie et comme plumée des sourcils, et la proéminence blême des pommettes saillantes.

Le second, rond comme un tonneau d'Helvétie qui serait fort plein, rouge comme s'il s'était débarbouillé le visage dans le marc de la grande cuve, promenait devant lui un ventre rebondi sur lequel complaisamment il joignait deux mains enfantinement grasses et peloteuses, tandis que sur le fond noir de sa robe ecclésiastique, légèrement luisante à cette place, s'étageait la masse rose et assez molle d'un triple menton, au sommet desquels sur la lèvre mince glissait une langue benoîte et gourmande.

Lorsque Jaufré parut réveillé, Ebler prit la parole :

— Monseigneur nous a fait appeler, sans doute pour nous demander de lui apporter la nouvelle de ma plus récente découverte. Apprenez, Sire, qu'elle est merveilleuse et que méprisant cet instrument (et sous la fureur de ce regard le sablier acheva de se vider), j'ai repris avec avantage le projet de Choricius de Gaza, où des aigles d'airain en nombre égal à celui des heures tiennent dans leurs serres une couronne, prêts à la déposer, lorsque le soleil lui-même leur en

donnera le signal, sur la tête d'un personnage
de bois auquel j'ai eu soin de donner votre
image, trouvant Hercule lui-même indigne
de figurer dans cet admirable monument.

— Je pense plutôt, interrompit le saint
prieur Adalbert, que notre bon maître nous
manda pour me parler de son projet d'établir
contre la chapelle, des épinettes consacrées
au culte de quelques saints, choisis soigneu-
sement par votre serviteur à l'effet de
manger les dites volailles en un pieux repas
le jour de leur fête.

D'un seul coup de poing, Jaufré brisa le
bras du fauteuil, qui d'ailleurs commençait à
faiblir sous le poids de son énorme fardeau.

Ebler et Adalbert se regardèrent avec
le mépris affectueux qu'inspire toujours la
crainte d'un danger commun, et se retran-
chèrent dans le plus prudent silence.

— Il ne s'agit point, vociféra le seigneur,
de vos sottes inventions ni de vos poulets
sacrés, mais bien de mon fils Jaufré dont je
vous ai confié la garde. Dites-moi s'il porte
vaillamment l'épée, s'il parle comme il
convient aux hommes d'armes, s'il rudoie
à souhait les manants de la ville basse, s'il
use suffisamment de l'inévitable complaisance
des filles et des femmes, s'il sait se faire
de leurs maris des sujets fidèles et recon-
naissants, si de tous points enfin, il est digne
de son père.

Toi, prieur, parle d'abord, et souviens-toi
que selon St-Augustin lui-même, la vérité
est le meilleur des respects. La Carcasse (et
à cette injonction le savant Ebler sourit
péniblement) s'expliquera ensuite.

— Je n'ose dire à votre Seigneurie, à

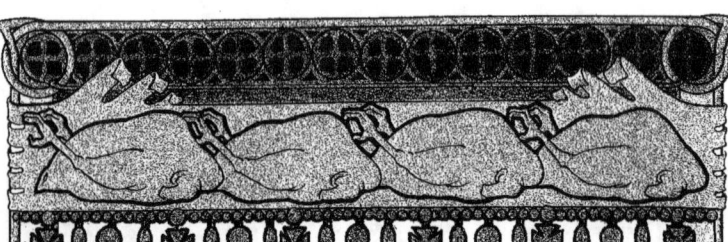

qui je dois avant tout la vérité, que son fils ait sa vaillantise. Jaufré est bon cavalier et force un cerf sans fatigue ; il manie l'épée comme le capitaine de vos archers, mais il dédaigne de rechercher les occasions de montrer toute sa valeur dans les bacheleries et autres apertises d'armes. Il semble les fuir, non certes par vile lâcheté, mais plutôt parce qu'il ne comprend pas qu'on y puisse prendre de la gloire. Un bon coup d'estoc sur une belle cuirasse d'acier ornée de la croix du divin Sauveur ne fait pas une musique qui lui plaise. Il craint les tournois au point d'en éviter même le spectacle, et l'an dernier Jehan de Tréfaignes tua Bernard de Malafosse sans que mon élève fut là. Je sens toute la peine que votre Seigneurie doit ressentir d'une telle conduite, elle si courageuse, et je partage ce déplaisir, bien que l'habit que je porte me doive interdire toute inclination pour ces fêtes non exemptes de cruauté. J'ai cependant cru découvrir en certains passages des Saintes Ecritures que la guerre peut être sacrée. Mais hélas ! ce n'est point seulement le tumulte de la bataille que redoute mon élève, mais encore le cliquetis harmonieux des verres disposés en rangées symétriques sur les belles nappes peluchées aux armoiries d'or, c'est aussi les propos de table guerriers ou galants, selon l'heure et la compagnie, et les ordonnances majestueuses où les venaisons se succèdent selon l'ordre du maître cuisinier, artiste véritable et saint homme fort régulier à accomplir ses devoirs religieux. Est-ce pas une pitié, Seigneur, que votre fils, dans vos cuisines, n'éprouve aucune joie, aucune intérieure satisfaction à voir se dorer au feu, ruisselants de graisse liquide et parfumée, les quatre oisons que vous daignez manger quotidiennement vers la septième heure ? Ce sont là des spectacles qui devraient évidemment émouvoir le cœur d'un jeune homme. Une semblable indifférence dans les bons moments de la vie présage une déplorable faiblesse dans les heures difficiles. Il

n'est rien de tel, pour échauffer la vertu des hommes, qu'une certaine intempérance d'appétits, qu'il est bon cependant, par exercice de volonté, de réprimer quelquefois. C'est par ce moyen, digne d'être enseigné, que j'ai entretenu mon âme en état de grâce. Voilà pourquoi votre fils, Seigneur, mon cher et fragile élève, me tourmente et m'effraye. Il reste longtemps solitaire ; la compagnie des hommes lui déplaît ; celle des femmes semble même l'effrayer. Les filles des champs le nomment à voix basse : « Séraphin », et les jeunes gens, moins réservés comme il convient l'appellent avec un coupable irrespect « le bon puceau ». C'est grand dommage, il faut l'avouer, d'encourir ainsi de semblables quolibets et de mériter de pareilles humiliations. Pureté n'est point dame qui convienne à toutes les âmes, bonne seulement pour de pauvres gens tels que moi, auxquels le péché est plus particulièrement interdit. Il est bon qu'un jeune seigneur n'ignore point les ruses de la vie et ait souffert des faiblesses inhérentes à notre chair, pour qu'il puisse donner à son peuple des conseils éprouvés. Votre fils, hélas, n'en sera guère capable. Je me souviens que l'an dernier, le jour où votre Seigneurie voulut bien recevoir de mes mains indignes le corps du divin Sauveur, la comtesse Ghislaine, celle-là même qui semble avoir enfermé le soleil dans ses cheveux, assistait à la cérémonie, et que sous le porche elle voulut de la main caresser le front de votre jeune fils qui l'écarta, malgré qu'il fût en âge, me semble-t-il, de ressentir toute la douceur

d'une pareille faveur. Comme la comtesse, d'une voix plus fraîche et plus douce que le miel nouveau, le questionnait sur la cause de cette sauvagerie, Jaufré répondit : « J'ai peur de lui faire de la peine, que ses yeux ne pleurent pour moi. » Quelle est-elle, répliqua madame Ghislaine, avec cette vivacité qu'ont seules les âmes curieuses ?

— Je ne la connais pas, se contenta de répondre Jaufré.

— Mais ses yeux ?... continua-t-elle.

— Je ne sais point leur couleur, poursuivit Jaufré ; sait-on la couleur du ciel, la couleur de son rêve ?

Sur ce, la comtesse pensa que mon élève se moquait d'elle. Je la rassurai par quelques paroles tirées des Saintes Écritures. Mais, depuis lors, je n'ai plus douté que Jaufré, le cher fils de notre maître, avait en un coin de cervelle quelque poussière de folie, car bien que la dignité de mon état m'interdit tout jugement sur cette matière point toujours méprisable, puisque le péché est le fondement même de la confession et que celui de luxure est de tous le plus séduisant, je me permettrai d'avouer que dame Ghislaine passe en beauté la plupart de nos princesses.

Ici Ebler sourit de nouveau, mais plus facilement qu'il ne l'avait fait tout-à-l'heure.

— Mais alors, interrogea le seigneur, mon fils est fol, fol à lier. Point de femmes, mais à quoi passe-t-il son temps ? Réponds, Carcasse !....

Ebler dont le sourire avait retrouvé toute son aigreur, d'une voix plus coupante que son nez, mince comme l'acier d'un stylet, s'empressa de renseigner son puissant inter-locuteur.

— Hier, comme je cherchais mon élève, car Jaufré, d'après vos propres volontés, est aussi bien mon élève que celui de notre Prieur, je le trouvai au bord de l'étang des Charmeuses. Le soir tombait et ne pouvant plus poursuivre mes expériences, je ques-tionnais au hasard de la promenade le génie de Choricius de Gaza. Tout-à-coup j'entendis Jaufré qui, à voix haute, disait des prières où des noms inconnus se mêlaient à ceux dont on eut soin de meubler sa mémoire ; je m'approchai : il ne tenait point dans ses doigts le fin corail des mers lointaines que les mains savantes des orfèvres ont assemblé en chapelets, mais les étoiles se levaient et leurs reflets scintillaient sur la surface paisible des eaux. A chacune d'elles Jaufré dédiait quelque litanie. Et cela dura très longtemps ; il disait le rosaire des étoiles.

— Par la barbe de Dieu le Père ! (Jaufré aimait cette exclamation que lui avait inspirée la fresque de l'église où Dieu le Père avait un fleuve de neige au menton), je saurai le nom de cette femme. Appelez-moi votre élève.

Et après un profond salut, Ebler et Adalbert franchirent ensemble le seuil de la porte, le premier n'y prenant qu'une place fort restreinte.....

CHAPITRE II

Le jour commençait à baisser lorsque Jaufré pénétra dans la grand'salle. Les tentures sombres, où des personnages chimériques dansaient avec des nymphes légères aux cheveux parsemés de violettes et de roses s'éclairèrent faiblement, comme si en glissant le long des murs Jaufré les eût baignés d'une lumière pâle : on eût dit autour de sa tête et de ses cheveux blonds une douce auréole. Sa démarche était silencieuse ; ses mains longues et fines, toutes nues, sans bagues, son simple pourpoint d'étoffe grise, avait un air de modestie facile et bienséante. Seul, son toquet, non de velours mais de drap, s'ornait de plumes brillantes ; les yeux de la queue du paon y étincelaient entre la neige de deux ailes de colombes.

Lorsqu'il fut devant son père, Jaufré ploya le genou et vers lui leva les yeux. Ses regards, longs et mélancoliques, qui semblaient se souvenir des larmes versées qui les voilaient jadis et dont ils conservaient la fraîche et inaltérable douceur touchèrent le Seigneur, dont la voix s'amollit.

— On me dit, mon fils, que vous menez une existence oisive et vaine, que vous craignez les combats en champ clos, et par surcroît, m'assure-t-on, les belles chevelures des filles. Ce sont là de vilaines sauvageries dont je voulais vous gronder.

— Je ne sais, mon père, répondit Jaufré d'une voix grave, ce que

vous voulez dire. Je n'ai peur de quiconque au monde, mais j'ai un grand dégoût à soulever de lourdes armes pour les tourner contre des ennemis que je ne hais point.

— C'est là, mon fils, une faiblesse ; il faut haïr ses ennemis. Vous êtes donc sensible comme une femme ?

— Je poursuis les cerfs jusqu'à la forêt de Marchiennes, et j'ai porté sur mes épaules jusqu'au carrefour des Saints Apôtres, une statue de pierre de Madame la Vierge, qu'un habile ouvrier a faite fort belle dans sa robe de ciel et qui tient dans ses bras son divin Fils.

— Avez-vous pris soin d'y porter chaque jour des lys, des anémones et autres fleurs agréables par leur couleur et leur parfum ?

— Des lys et des anémones croissent en champs serrés au pied du chêne où demeure Madame Marie.

En entendant de telles paroles de la bouche de tout autre, le vieux seigneur eût brisé dans un délire de gaieté furieuse toute la vaisselle de ses buffets. Et pourtant, il se taisait, inquiet, craintif, apaisé.

Dans le regard du jeune homme, je ne sais quelle flamme de douceur et de tendresse veillait, comme au seuil d'un invisible autel, qui avertissait le passant initié de s'arrêter et qui, malgré lui, le forçait à quelque humilité.

— Mais ces fleurs ! ces fleurs, interrogea le vieux Seigneur, qui les a semées ?...

— Des mains....

— Quelles mains ?...

D'invisibles mains, d'invisibles colombes y ont porté au bout de leurs ailes blanches la rosée des prairies ; des guirlandes de lumière, de leur tiède haleine, ont réchauffé les tiges fragiles.

— J'irai voir ce merveilleux parterre, reprit Jaufré en souriant, respirer le parfum de ces corolles de miracle !

— Vous ne verriez peut-être pas ces fleurs, mon père. Vous ne sentiriez peut-être pas leurs parfums. D'autres n'ont pas aperçu les anémones qui fleurissent au pied du chêne de la forêt. Chacun voit seulement les fleurs qu'il aime. Il ignore les autres. Et c'est la triste beauté de la vie.

Le vieux Seigneur fut étonné de n'avoir pas envie de rire et de traiter, comme il l'eût fait d'ordinaire, ces enfantillages.

Il poursuivit :

— Quelles prières dites-vous à cette Madone si bien fleurie, mon fils ?

— Je ne sais point de prières.

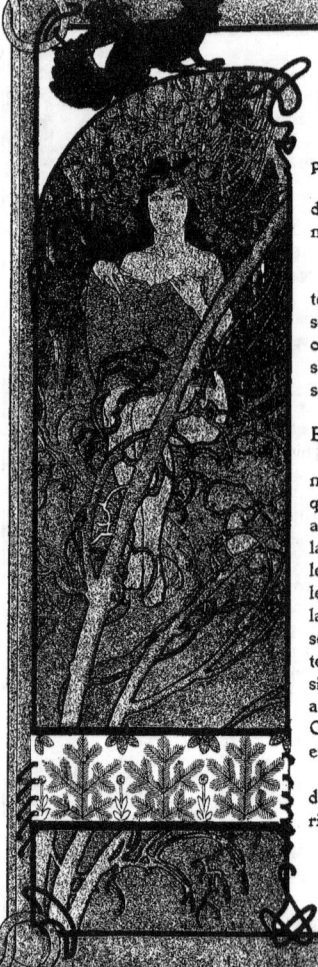

— Mais alors, que vous a donc appris
mon chapelain?

— Des mots.

— Mais il faut des mots pour faire des
prières.

— Ceux qui méritent des prières entendent mieux ce qu'on ne leur dit pas. D'autres
m'aident à prier ou même prient pour moi.

— Qui donc?

— La forêt, les champs tristes durant l'automne; pendant l'été, la plaine poudroyante
sous la lumière du midi; l'hiver, les horizons
où le ciel gris rejoint la terre blanche et où
s'envolent, comme des oiseaux, tous les
souvenirs des saisons heureuses.

Un long silence se fit, infiniment délicieux.
Enfin, le vieux Seigneur éleva la voix.

— Vous êtes un enfant crédule et charmant, Jaufré. J'aime votre grâce ingénue,
que je déplore pourtant. J'attendais de vous
autre chose. Mais il faut me résigner. C'est
la tristesse des parents d'être plus vieux que
leurs enfants et de ne pouvoir leur prêter
leur propre âme ou tout au moins arracher
la leur au courant qui les entraîne. On m'a
souvent répété ces paroles; pendant longtemps elles m'ont fait rire, car j'ignorais leur
signification; mais je commence à entrevoir
aujourd'hui la profondeur de leur sens caché.
Oui, il faut vivre avec le temps de sa jeunesse
et oublier la jeunesse de son temps.

Et comme pour se faire pardonner la
douceur de son langage, Jaufré éclata d'un
rire si bruyant que les murs en tremblèrent.

Il reprit :

Mais expliquez-moi de quelle façon
vous passez vos journées, et dites-moi ce

que vous ouvrez de merveilleux durant les veillées d'hiver.

— Tant que le soleil luit, répondit simplement Jaufré, dans les allées claires ou ombreuses bordées par le mystère de la forêt, je vais lentement ou par sauts, selon mon caprice. J'ai là de vieux amis, les arbres. Ils me racontent des choses anciennes qu'ils se rappellent à peine ; j'aide à leurs confidences, je les complète. Ils avouent toujours de leurs belles voix profondes. La forêt est ma pénitente amie. C'est un livre sans pareil. Je lis sur les feuillages des signes compréhensibles pour moi seul ; j'y ai appris des choses admirables et terribles, des histoires touchantes ; j'y ai puisé des leçons de sagesse et de bonté. Dans ce livre éternel, la plupart des pages sont couvertes de récits et de promesses pas toujours tenues, mais reprochées par ceux-là seulement qui ne comprennent point l'ineffable joie de ne pas voir la réalité limiter l'espérance ; et ces pages-là, ce sont les feuilles des hêtres tordus et des chênes vigoureux ou des majestueux sycomores ; mais il y a aussi, comme dans tous les livres de Douceur et de Vérité, des pages blanches où, à loisir, on peut lire le rêve qui n'est pas écrit ; et ces pages-là, ce sont les feuilles des bouleaux légers et frileux qui éclairent de leurs frissons blafards les vallées profondes et la lisière ténébreuse de la forêt.

Pendant les veillées d'hiver, je lis les belles histoires des Saints Apôtres, et aussi le divin Evangile. J'y ai découvert de merveilleux paysages tracés en quelques lettres. Les pêcheurs et leurs filets en sont les naïfs

personnages et le simple décor. J'ai souvent mouillé de mes larmes le
manuscrit précieux que Grégoire de Laudiniac décora et illustra de manière
aussi noble que sincère et que ma mère me donna avant de mourir.

— Ma pauvre femme....., murmura le seigneur avec une émotion qui
attestait suffisamment son complet oubli du passé.

— L'étude me charme parfois, lorsque quelque misère humaine a
ému mon cœur pendant la journée. Je m'exerce alors aux ruses de la
dialectique, ou je m'applique aux qualités et combinaisons des nombres.
Mais c'est de toute mon âme que j'aime à suivre dans le ciel, d'après les
calculs des astrologues fameux, la révolution des astres, petites gouttes
de lumière tombées dans l'infini; de quel charme ne sont pas les travaux
alternatifs du soleil et de la lune, les cinq zônes des pôles et les sept
étoiles errantes! Ces mondes irréels et mouvants flottent comme des
rêves sur la science précise et définie; ils empêchent l'esprit humain
de connaître des bornes; ils font lever les yeux et oublier la terre.

— Mais quoi, mon fils, est-ce tout?

— Pas encore, poursuivit Jaufré. Parfois,
lorsque l'automne a fait du bois un désert de
silence, délicieux pour son désenchantement,
pour tout ce qu'il a perdu et que l'imagi-
nation reconnaissante lui restitue sans peine;
lorsque la prairie est toute de silence défleuri,
alors je prends le calamus d'or et sur un
parchemin jauni, que l'humidité a taché de
rouille, j'écris des vers.

— Des vers, qu'est-ce cela?

— Des vers! Oh! c'est très peu de chose,
presque rien, une distraction, mais telle que
les dieux eux-mêmes, aux pentes ombragées
de lauriers-roses du Cithéron, n'en connaissent point de plus délicieuse. Cela consiste à

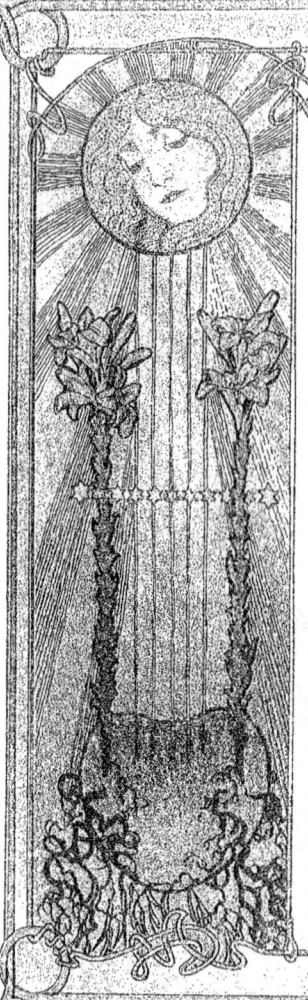

assembler entre eux, selon leur harmonie des mots aux sonorités fraternelles ou contrariées, d'exprimer par leur voisinage inattendu la haine ou l'amour, et de charmer les esprits par une musique lointaine et douce que l'on dirait venir de la lyre mélodieuse de la forêt où se joue la voix rude des faunes et des chèvre-pieds mêlés aux ineffables soupirs des nymphes, dont les épaules sont encore humides de la rosée du matin.

— Des vers, répéta le seigneur, dont la voix sembla s'émouvoir.

— Des vers, oui mon père, des vers. Avez-vous entendu chanter le vent dans les arbres, hurler la mer sur les rochers, auxquels semblent rivés des chiens furieux, gémir la voix des orphelins et des veuves, résonner les trompettes de la bataille, passer les destriers la veille du combat, s'éteindre la voix des agonisants ou des amoureux. Tout cela, des vers!.....

Tout ce que vaguement et sans savoir l'on aime ou l'on craint. Tout ce que l'on sent beaucoup sans beaucoup comprendre; les émotions qui aux yeux nous mettent des larmes inattendues, les joies subites et sans causes, les désespoirs sans raison. Tout cela, des vers!.....

Des vers encore, l'hiver succédant sans transition à l'été, et tout ce qui hurle de joie ou de douleur d'être voisin et différent; la mer toujours furieuse à côté de la plaine sans cesse endormie, le bonheur du rêve à côté de l'horreur du naufrage. Oui, tout cela, des vers.....

— Des vers!... murmura le seigneur pour la troisième fois.

— Ecoutez, mon père.

— Trois jeunes hommes, sur l'ordre de Jaufré, pénétrèrent dans la salle basse. Ils étaient vêtus d'azur clair, de rose et de lilas; les branchages de l'automne se mêlaient à leurs chevelures blondes ou noires, mais également belles pour leur jeunesse et leur flamme. L'ardeur des étés n'avait laissé dans leurs regards que de rares éclairs; les larmes sans doute en avaient maintes fois tempéré l'éclat; les hivers aussi avaient dû y refléter leur glaciale tristesse et c'était le charme suprême de ces regards que d'attester dans leur libre candeur la vanité des saisons éphémères, la rapidité de leur fuite sur l'inévitable oubli, la fragilité de toutes choses, des fleurs de la neige ou des fleurs du printemps. Entre leurs longues mains, ils tenaient, l'un, la cithare aux douces résonnances, l'autre, la viole plaintive et gémissante, le dernier, les roseaux de la clairière, encore tout enguirlandés d'algues marines roses et vertes, réunis en une triple flûte, où l'âme mélancolique des crépuscules semblait avoir passé tout entière.

Une mélodie douce, et comme voilée de larmes s'éleva, trembla. Les doigts des jeunes hommes semblaient des ailes frissonnantes touchant à peine les branches flexibles des églantiers. Leurs yeux extasiés regardaient ailleurs,... plus loin ,..., leurs bouches souriaient à des formes invisibles.

Soudain, sur la trame plaintive de la musique, une voix chétive, comme lointaine, mais si douce... broda des guirlandes où s'entrelaçaient, en une double couronne, les lianes persistantes des souvenirs et les fleurs pâles et inconnues du rêve.

La voix disait :

« Que m'ont dit les ombres mystérieuses de la forêt, les chants crépusculaires des rossignols, les bruissements confus des rivières, les hurlements de la mer? Je ne sais... Je ne sais...

« Que m'ont dit les mendiants à barbe chenue, qui habitent avec la statue des saints, dans les chênes foudroyés par l'orage?... Je ne sais... Je ne sais...

« Que m'ont dit les trois pierres noires jetées en l'air vers l'Orient; les signes que le vol des pluviers d'or clair a dessinés sur le couchant; le grincement des chaines des prisonniers lorsqu'on les ramena dans les souterrains,?... Je ne sais... Je ne sais...

« Mais tout : les ombres, la forêt, les chants des rossignols, le bruissement, la rivière, les flots marins, les mendiants, les trois pierres noires, les pluviers d'or clair, le grincement des chaines, m'a redit le nom, le même nom, toute douceur et toute harmonie, le nom qui caresse mon oreille, chante autour de mon cœur, et que je n'ai pas entendu, et que j'ignore délicieusement.

Son nom n'existe pas plus que celle qui le porte, ou leurs existences sont si lointaines qu'elles conservent tout le charme ineffable de n'exister pas.... Comment pourrait-elle exister, puisqu'elle est parfaite et que l'éternel amour emplit son cœur? Et pourtant, c'est d'elle que m'ont parlé la terre, les eaux et les hommes ; c'est d'elle que m'entretiennent mes rêves ; c'est elle qui habite mon âme, c'est elle !...

Une musique plus lointaine et comme intérieure s'éleva, les branches des grands arbres s'inclinèrent vers les vitraux, et l'obscurité se fit dans la salle basse..... Dans l'ombre, les yeux des musiciens semblaient les veilleuses allumées près d'un ineffable autel, tandis que sur les tapisseries que brouillaient les ténèbres, glissait silencieuse une ombre indéfinissable, une clarté diaphane, quelque chose comme un sourire de lumière.

Et soudain, le chant de la cithare, de la viole et de la flûte de roseaux se fondit, s'atténua ; les branchages défleuris par l'automne se

couvrirent de corolles inconnues tandis que
des concerts invisibles s'éveillaient dans les
rameaux des sycomores. Puis la lumière
effaça la vision ; les jeunes hommes avaient
disparu, les fleurs de leurs toquets gisaient
seules à terre ; les grands arbres avaient
relevé leurs massifs d'ombre parfumée. Sur
le large fauteuil, tendu maintenant de draperies funèbres, le vieux seigneur reposait,
les yeux clos, sans vie ; l'aile du rêve avait
foudroyé sa misère. A genoux, un jeune
homme et une jeune fille récitaient les
saintes litanies de Madame Marie, tandis
qu'à travers la forêt, soudain miraculeuse, où
les branches s'entrecroisent, se ployaient et
s'assemblaient jusqu'à former des harpes
prodigieuses, s'évanouissait un spectre léger,
fragile et diaphane, laissant les traines azurées
de ses voiles aux mains mélodieuses et
fleuries de la Poésie et de la Musique.

CHAPITRE III

ix années s'étaient écoulées depuis la mort du vieux seigneur. Le castel de Blaye, après avoir arboré au sommet de sa plus haute tour, durant de longs mois, le drapeau endeuillé des comtes d'Angoulême, n'avait point retrouvé, ce temps révolu, sa fière beauté de jadis. Les murs, habités par des couleuvres et des lézards, étaient couverts de mousse grise; les eaux bourbeuses des fossés, ne reflétaient plus les étoiles; les oiseaux de nuit ne cessaient de promener leur vol silencieux et furtif autour des créneaux; on eût dit que les fées de la tristesse, dont les yeux sont pleins de larmes, qui ne débordent jamais de leurs paupières, habitaient la vieille demeure.

Jaufré entrait dans sa vingt-et-unième année. Ses goûts n'avaient
point changé. L'eau triste des étangs l'attirait invinciblement ; leurs
miroirs mélancoliques captivaient sa pensée, il semblait que son âme
s'y reflétât. Dans le cadre familier des vieux saules d'argent gris que
le vent de la mer échevèle, il se penchait sur la surface des eaux; son
image apparaissait nette et précise, transparente et si claire dans l'ombre
des feuillages où jouaient les rayons du soleil, puis il se penchait encore
et ses cheveux les premiers se mouillaient, troublaient un instant
l'immobilité du lac ridé par leur chute légère. Et il se penchait encore ;
ses yeux rencontraient d'autres yeux qui lui souriaient lorsqu'il souriait
lui-même ; ses lèvres s'avançaient vers d'autres lèvres roses, tendres et
pures comme les siennes, et bientôt les touchaient délicieusement,
infiniment dans la fraîcheur parfumée des eaux. C'était la seule bouche
qu'il eut jamais baisée, il en ressentait un trouble exquis, et à travers les

claires allées de la forêt il songeait
à de chimériques amours. Son rêve
l'entourait de ses bras irréels et posait sur ses
yeux bientôt clos ses lèvres de souvenir et
d'espérance, et des musiques invisibles et lointaines s'éveillaient dans les hautes branches
qui semblaient sous la brise caresser l'azur
du ciel.

Alors il s'arrêtait au pied de quelque
chêne gigantesque au tronc noueux; l'ombre
du soir gagnait la forêt, ralentissait la vie
animale et donnait à la nature l'ineffable
mélancolie des choses qui vont presque
mourir. Au fond de la grande allée une
forme, qu'on eut dit voilée de neige, s'avançait, passait auprès de lui comme pour préciser
son rêve, puis disparaissait au détour du
chemin; le sable marin était tout parfumé
de son léger passage.

Tels étaient jusqu'à ce jour les étranges
amours de Jaufré.

Le vocable même d'amour lui semblait
ridicule, car il ne pensait pas que le sentiment
pût s'exprimer par un mot.

— Quelles sont tes joies ? disait-il au

chevrier qui conduisait des jeunes
troupeaux de brebis et d'agneaux dans les
bruyères de la montagne pour y passer l'été.

— J'aime la bergère du val et celle de la
colline; cela dépend des années, et quelquefois
aussi de la hauteur du soleil. Mes agneaux,
mes brebis nous enseignent comment il est
doux de s'aimer; les bergères du val et celles
de la colline comprennent cela. Les agneaux
et les brebis qu'elles paissent dans la
montagne s'aiment comme les miens.

— D'où te vient ton bonheur ? disait
encore Jaufré au pêcheur qui étendait ses
filets au soleil sur les barques goudronnées.

— J'aime ma compagne, répondait-il.
Elle a les mains rudes et salées comme moi,
et les varechs de la haute mer se mêlent à
sa chevelure. Elle sait le nom des étoiles,
et selon la saison, les favorables et les
contraires. Elle est belle et très bonne. Sur
un lit de goëmons, nous nous aimons quand
la nuit est douce, les alcyons qui bercent les
vagues nous ont enseigné l'amour.

Et Jaufré pensait que les chevriers et les
pêcheurs étaient de pauvres gens et que son
bonheur était sans égal, puisqu'une allégresse
plus grande que la leur l'emplissait tout
entier et pourtant qu'il ne connaissait pas
encore les joies nouvelles, dont l'entretenaient
ces humbles personnes.

« Qui donc, pensait-il, qui donc m'ensei-
gnera ces choses sans que leur mystère
s'évanouisse ? » Et dans les bruyères de la
montagne il regardait les brebis et les agneaux
paissant l'herbe nouvelle ; mais lorsqu'ils
l'apercevaient, les brebis et les agneaux
oubliaient leur nourriture et venaient frotter
leurs frais museaux contre ses douces mains.
En se promenant à travers les rochers qui
bordent la mer, il regardait s'ébattre les
alcyons qui faisaient claquer en l'air leurs
ailes mouillées ; mais s'il approchait, les
alcyons prenaient leur essor vers le ciel et
tournoyaient sur sa tête en poussant des cris
joyeux. On eut dit que la nature, par une
sorte d'inconsciente pudeur, voulût garder à
son rêve sa délicieuse limpidité et dérober
à ses yeux le spectacle de la vie matérielle.

Aucun plaisir pour Jaufré ne valait sa promenade quotidienne à travers les allées fleuries du verger seigneurial. La douceur pourprée des fruits sur un ciel tendre et clair, la vigueur des treilles dorées et, au printemps, la neige parfumée des pommiers et des pêchers étaient pour lui un spectacle toujours émouvant. Mais pour les fleurs surtout sa tendresse était infinie. Il aimait pareillement les fleurs du crépuscule et les fleurs du matin; les corolles simples des bois et les calices des iris triomphants; la langueur ineffable des nénuphars; les violettes, agréables aux saintes des vieilles légendes et comme elles humbles et modestes; les lilas plus beaux de mourir bientôt et de ne connaître jamais que la douceur du printemps; les clématites échevelées le long des sentiers qui hésitent sur les lisières; les jasmins au parfum jaloux et les liserons aux grappes obstinées; mais par dessus tout, dans leur radieux éclat de franchise et de gaîté, les roses de France.

Pour lui les fleurs avaient une âme; en respirant leur parfum il

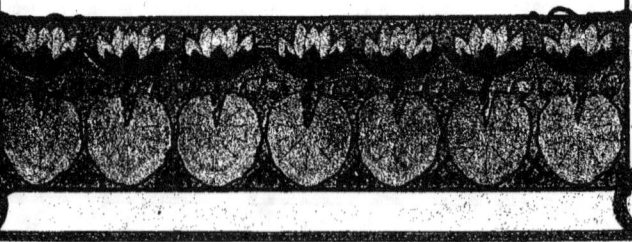

pensait les consoler et il lui arriva de leur
confier qu'il languissait d'amour pour une
forme enchanteresse qui charmait ses yeux
aux heures douteuses du crépuscule. Il regardait lentement leur calice s'épanouir, et un
jour il pleura la mort d'une rose qu'il avait
aimée pendant la journée. Ses larmes, ce
soir-là, furent une céleste rosée car, était-ce
un miracle ou l'effet de ces pleurs bienfai-
sants, le lendemain la rose était ressuscitée.
Depuis lors il fut le défenseur des fleurs,
et interdit qu'on les moissonnât pour en
parfumer les autels.

Ses rêves les plus beaux comme les plus
terribles, étaient toujours fleuris. Le dragon
aux langues de feu que foudroie l'archange
lui apparaissait sur le vitrail de la chapelle,
les griffes et les cornes enveloppées de guirlandes et comme muselé de roses.

Jaufré avait fait, devant une douloureuse
et belle image de saint Sébastien, le serment
d'accorder aux fleurs une efficace et durable
protection. Il alla même jusqu'à provoquer
en combat singulier son voisin, le farouche
Ingelbert, soudard de race saxonne, qui se
faisait une joie, lors des plus saintes proces-
sions, d'écraser l'humble présent des violettes,
des sauges et des mauves sous son talon de
fer, et de piquer du bout de sa hache gigantesque le calice triomphant des lys.

Il disait à ses manants, lorsqu'il les rencontrait : « Aimez les fleurs fragiles, les lys
triomphants ; soignez-les comme des enfants
admirables ; embaumez-en les autels des
Saints Apôtres et celui de Madame Marie. »
    Mais les fleurs étaient reconnaissantes.
Vers lui elles inclinaient leurs splendeurs
passagères et, comme un délicat encens,
exhalaient sur son passage leurs parfums les
plus subtils. Et tandis que les mystères de
l'amour furent enseignés aux chevriers par

les ébats de leurs troupeaux et aux pêcheurs
par les blancs alcyons des vagues, ce furent
les fleurs qui révélèrent à Jaufré dans leur
muet langage le secret de l'universelle
fécondation. Des fragiles étamines il vit
s'envoler une fine poussière lumineuse
qu'une brise favorable portait jusqu'au suc
parfumé du pistil, et alors une fleur naissait
et l'autre mourait. Et dans la mélancolie
d'une soirée d'automne, Jaufré sanglota
désespérément d'avoir compris le miracle par
lequel subsistait le monde. Certes aucune
autre voix, plus tendrement et plus doucement que celle des fleurs n'eut pu lui révéler

ces choses; mais le cœur de Jaufré maintenant était torturé d'un doute affreux. L'ineffable vision qui le hantait se précisa subitement; il pensa voir à travers des voiles de neige lumineuse des chairs belles et parfumées comme celles des roses, encadrant et limitant presque ce sourire, jadis d'une si flottante et si délicieuse irréalité; nées de son désir à peine éveillé, des lèvres apparurent tendues de toute leur voluptueuse paresse vers le baiser. Ah! comme elles étaient délicieuses ces lèvres, et de quelle douceur n'était pas leur inspirative attraction. Mais c'étaient des lèvres de chair douce, de chair attirante. On les devinait frissonnantes et fraîches, et capables, faibles gardiennes, de livrer par ineffable trahison le cœur tout entier dont elles auraient dû cacher et dissimuler l'émoi. Elles étaient là, tendues vers lui, offertes, livrées, si pressantes de rencontrer d'autres lèvres avec qui se joindre! Elles avaient perdu, les douces lèvres, la tendresse du sourire et sur leurs chairs frémissantes c'étaient maintenant les floraisons ardentes du désir. Et Jaufré marcha vers sa vision, et plus il approchait d'elle, plus les yeux de douce lumière qui étaient comme le ciel de son rêve perdaient de leur éclat. Cependant une force irrésistible, malgré l'enchantement moindre, le poussait doucement vers cette forme de

songe et de mélancolie. Déjà il distinguait
les traits de son visage; bientôt il pensa la
toucher, l'étreindre; mais subitement une
floraison miraculeuse de lys lui barra le
passage comme pour mettre la chimère
délicieuse à l'abri de son désir croissant, et
devant cet obstacle parfumé, devant les
fleurs reconnaissantes qui venaient de sauver
son pur idéal, Jaufré s'agenouilla et, les
mains posées sur le front, laissa son âme
s'apaiser. Lorsqu'il ouvrit les yeux, la vision
enveloppée de nouveau de sa mystérieuse et
lointaine beauté disparaissait dans une clarté
légère au détour de la longue allée.

Alors Jaufré prit une suprême résolution.
Il promit à la forme aimée, à la chère vision,
de ne point chercher à la connaître, de rester
loin d'elle, de lui conserver son mystère en
tendre et généreux complice.

Il passait maintenant ses journées dans la
salle basse du château à étudier sur les
tablettes de chêne les livres anciens, ou bien
encore dans le parc bruissant d'eaux vives
que le printemps faisait plus mélodieuses,
avec sa sœur Eymardine que sa seizième

année paraît d'une grâce plus sensible, Jaufré causait doucement, assis sur un banc de mousse fleurie, les yeux à peine fixés sur la surface ridée de l'étang; de grands lévriers aux yeux fuyants dormaient sur le gazon et dans l'ombre des futaies éclatait la neige parfois rose des pommiers.

— Qu'est-ce que l'amour, seigneur mon frère ? dit un jour Eymardine. Je l'ai demandé à dame Huguette, ma gouvernante; elle pense aujourd'hui que c'est un jouet que je ne connais pas, mais elle pensait hier que c'était un vilain mystère. Il faut donc qu'elle ne m'ait point dit la vérité et que ce soit une troisième chose.

— Tous les hommes en parlent, mais, croyez-moi, Eymardine, je pense que beaucoup en parlent sans le connaître.

— Mais vous, vous le savez.

— Non, petite sœur, et cependant je pense en savoir plus qu'eux, puisque je l'ignore. Il vaut mieux ne pas savoir ; le cœur alors aime plus

fort. Aimer quelqu'un ou quelque chose, c'est
borner son amour, l'amour est infini. Qui
aimez-vous, petite sœur ?

— Je ne sais pas, mais je dois aimer
quelqu'un. Oliviane aime le chevalier de
Giralduc, Stephanette le baron des Isnardins,
et Loyse le capitaine des archers ; j'ai pensé
aimer ces trois gentilshommes puisqu'Oliviane, Stephanette et Loyse les aimaient,
mais j'ai vu que je m'étais trompée.

Eymardine voulait continuer ses confidences, mais de l'autre côté de l'étang
apparut l'ombre sèche et anguleuse de dame
Huguette. Lorsqu'elle eut disparu, Eymardine poursuivit :

— Je ne sais pas comment se nomme
celui que je pense aimer. Il est pâle et très
beau. Il est venu sans doute de quelque ville
d'Italie ; depuis que je l'ai rencontré, je vois
toujours devant moi une petite flamme bleue,
très légère et très jolie qui me précède. Sa
voix est douce, il habite une pauvre chau-

mière couverte de feuillages fleuris. Lorsque je passe, il me fixe avec des yeux clairs, de la couleur de la flamme. Je le regarde parfois aussi en riant ; lui, il ne rit jamais. Dame Huguette, à qui j'ai donné de gros écus d'or pour le savoir, a demandé son nom. Tout le monde l'ignore. On ne sait pas quand il est arrivé. Personne ne l'entend chanter, et pourtant chaque fois que je vais sur la falaise je m'arrête pour écouter sa chanson ; je n'en saisis pas les paroles, mais c'est très doux, très doux.

La jeune fille regarda sur la surface de l'étang une branche de lilas, aumône du vent du soir, et elle murmura : « Bien doux, très doux. »

Mollement sa tête s'inclina sur l'épaule de son frère, ses yeux se fermèrent, et le soir dorait déjà les cîmes de la forêt que l'un près de l'autre, Eymardine et Jaufré, les lèvres entr'ouvertes, écoutaient encore chanter en eux leur vision intérieure.

Les lévriers aux yeux fuyants dormaient sur le gazon, les violettes piquaient l'herbe, la branche de lilas, petit cygne parfumé, touchait maintenant l'autre rive. La surface à peine ridée de l'étang se couvrit d'une ombre légère où trembla le reflet des étoiles.

Ainsi les jours coulaient autour d'Eymardine et de Jaufré, comme une eau pure reflétant un ciel de clair azur.

L'état mélancolique de Jaufré ne laissait pas d'inquiéter le bon prieur. Il craignait que le jeune maître, si dédaigneux de toutes les jouissances terrestres, ne voulût en quelque manière vérifier et réformer l'ordonnance du cellier de la chapelle. Il pensait aussi, avec une certaine timidité, à la basse-cour du

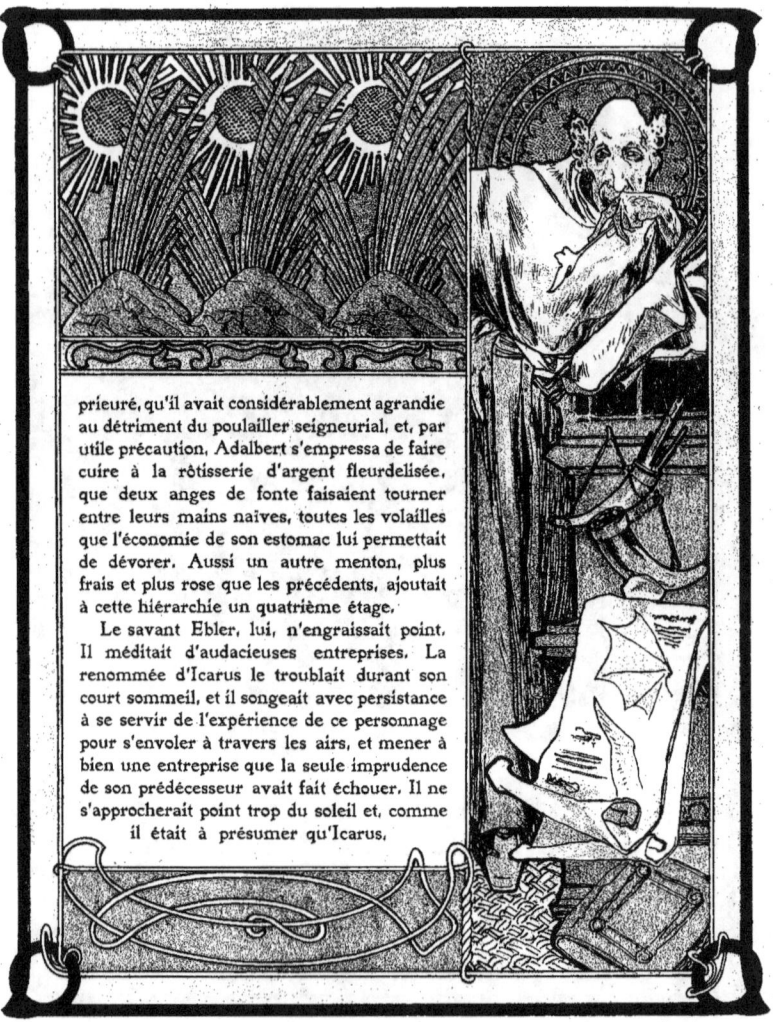

prieuré, qu'il avait considérablement agrandie au détriment du poulailler seigneurial, et, par utile précaution, Adalbert s'empressa de faire cuire à la rôtisserie d'argent fleurdelisée, que deux anges de fonte faisaient tourner entre leurs mains naïves, toutes les volailles que l'économie de son estomac lui permettait de dévorer. Aussi un autre menton, plus frais et plus rose que les précédents, ajoutait à cette hiérarchie un quatrième étage.

Le savant Ebler, lui, n'engraissait point. Il méditait d'audacieuses entreprises. La renommée d'Icarus le troublait durant son court sommeil, et il songeait avec persistance à se servir de l'expérience de ce personnage pour s'envoler à travers les airs, et mener à bien une entreprise que la seule imprudence de son prédécesseur avait fait échouer. Il ne s'approcherait point trop du soleil et, comme il était à présumer qu'Icarus,

quelle qu'ait été sa maigreur, avait encore
plus d'embonpoint que lui, Ebler d'un sourire
où tous les os de sa mâchoire saillaient jusqu'à
crever la peau sèche de son visage, marquait
une orgueilleuse confiance et une égoïste
satisfaction.

Quant à dame Huguette, sa voix douce
jadis s'aigrissait maintenant d'un filet de
vinaigre ; ses yeux tournaient au vert et
ressemblaient à s'y méprendre à ceux des
vieilles chattes qui poursuivent les rats,
bondissant d'une gargouille à l'autre. Sous
ses blanches mitaines, ses mains jaunies
apparaissaient comme deux parchemins où
les veines sinueuses semblaient d'énigma-
tiques dessins, et ses regards envieux et
oisifs rêvaient encore des mystères de
l'amour à l'âge où, pour les autres, il est

doux de s'en souvenir. Aussi dame Huguette avait-elle été troublée par l'apparition d'un sentiment nouveau dans le cœur d'Eymardine.

— C'est fort mal fait, disait-elle, de s'émouvoir pour un homme dont on ignore même le nom, et qui n'est peut-être même pas seigneur banneret dans sa contrée.

— L'aimerais-je davantage si je savais son nom ? répondait Eymardine. Je ne sais d'où il vient et où il va. Je l'ai rencontré, et cela suffit puisque je l'aime. N'avez-vous pas remarqué que la chaumière qu'il habite est couverte de fleurs inconnues ? Le savant Ebler lui-même, à qui je montrai un bouquet que j'y cueillis l'autre jour, ne put me donner leur nom en bonne langue latine. Il faut que mon beau chanteur soit quelque ange de paradis qui ait pris le costume d'un troubadour de Florence, et qu'il ait ramassé la graine de ces douces floraisons dans les vergers du ciel.

Dame Huguette résolut de réduire à néant ces belles imaginations et alla trouver Jaufré qui lui conseilla de ne se point mettre en peine.

— Je pense que cette flamme, lui dit-il, n'est point le jeu de quelque personnage d'enfer, mais bien plutôt, lorsque ma petite sœur se trouve devant les flots infinis, son rêve qui se promène parmi les fleurs neigeuses des vagues. Craignez, dame Huguette, que la petite flamme bleue ne s'éteigne, qu'une vague plus haute, rendue furieuse par la terre prochaine, n'anéantisse sa douce clarté. C'est alors qu'il faudrait trembler, c'est alors qu'il faudrait ouvrir les missels d'argent et réciter les prières du désespoir et de la miséricorde, car le rêve de ma petite sœur serait mort, et nos larmes ne suffiraient pas à pleurer son bonheur perdu.

Dame Huguette, fort effarée de cet entretien, se précipita jusqu'au vestibule de la chapelle où le bon prieur Adalbert emmaillottait son gros corps de pieuse batiste.

— Notre maître est fou, s'écria-t-elle.

— Je le pensais, confirma Adalbert.

Dès lors il n'y eut plus de jour, plus d'heure où chacun, dans la ville de Blaye, ne se préoccupât de la mélancolie du jeune seigneur. Pour ceux que l'esprit du siècle et le désir de tout comprendre entraînaient hors des voies de la religion, c'était un jeune saint que hantaient de célestes visions ; pour ceux au contraire qu'une bienséante humilité retenait agenouillés au pied des saints autels, il ne fallait voir dans ces humeurs moroses que l'effet des puissances infernales. Certains même assuraient avoir vu le diable, par une nuit d'orage, gambader sur la tour du Nord et disparaître dans une des cheminées aux premières clartés de l'aurore. D'autres prétendaient que, dès la nuit close, une forte odeur de soufre imprégnait l'atmosphère sur le bord des fossés ; le soir, des lueurs étranges circulaient derrière les vitraux, on entendait des frôlements, et le vent, en sifflant à travers les arbres, prononçait des paroles terribles.

Or donc, bientôt dans Blaye, il ne fut plus d'humble manant, qui ne se signât avec la marque d'une sainte terreur en passant

devant le château maudit. Et cependant,
lorsqu'elles rencontraient Jaufré, dans les
allées calmes et ombreuses de la forêt, les
pastourelles ne pouvaient s'empêcher d'être
émues par la calme douceur de ses grands
yeux ; et Eymardine riait joyeusement, sur
les sables d'or qui bordent la mer d'émeraude,
en attendant l'heure prochaine du crépuscule,
où la petite flamme bleue sur les flots accom-
plirait sa quotidienne promenade. Puis elle
regagnait le castel en passant par le bas-
faubourg, et, malgré les sèches et brèves paroles de dame Huguette, elle s'avançait vers
une chaumière disparaissant sous de merveilleux feuillages. Par la fenêtre à demi-cachée
sous des fleurs, Eymardine regardait et écou-
tait, plongée dans une délicieuse extase, un
chanteur inconnu et une voix lointaine. Dame
Huguette n'entendait pas, dame Huguette
ne voyait pas, et cependant dame Huguette
n'était ni sourde ni aveugle. Puis, conduite

par la petite flamme bleue, guide charmant
et invisible, les deux femmes arrivaient au
pont-levis, qui bientôt s'abaissait avec un
grincement de chaînes. Ainsi s'écoulait la
vie paisible et nourrie de rêves du mélancolique Jaufré et de sa sœur Eymardine.
Adalbert, cependant, se décida à aller trouver
Jaufré et à lui dire à quel point ses sujets
s'occupaient et s'offensaient de l'oisive rêverie
de leur seigneur.

— Satan prince de l'Enfer est habile à
hanter le cœur de ceux qu'il guette, sans
qu'eux-mêmes arrivent à s'en défendre. La
châtelaine de Capluc, qui peut n'avoir pour
tout vêtement que sa seule chevelure et
être encore fort convenable, comme elle le
prouva à la dernière procession de la fête
des Rogations, ressentirait grandement l'hon-
neur d'une alliance avec votre Seigneurie ;
elle est belle autant que bonne, et le diable
aurait, je pense, grand peine à vous distraire
de sa compagnie.

— Pardonnez-moi, mon père, répondit
Jaufré, si j'ai offensé Notre-Seigneur le
Christ, mais jamais l'esprit malin ne m'a
tourmenté de ses obsessions. Si je veille la
nuit entière, c'est que le sommeil me fuit,
et j'attends l'heure où les étoiles pâliront, en
lisant les saints livres, dont vous-même m'avez
fait présent. J'apprends à y mieux connaître
d'admirables vérités et à y comprendre qu'il
ne faut point comprendre pour croire et
aimer.

Le bon prieur se retira le cœur navré. Il
eut beau faire le tour du château en traçant
dans l'air de grands signes de croix, Satan
ne cédait pas la place et refusait de déloger.

La mélancolie de Jaufré augmentait. Le
gracieux fantôme qu'il rencontrait jadis au
tournant des longues allées, lorsque le
crépuscule tombait sur la forêt, habitait
maintenant auprès de lui, en lui; il se
résumait parfois en plis harmonieux, puis
soudain s'envolait, s'éloignait, revenait,

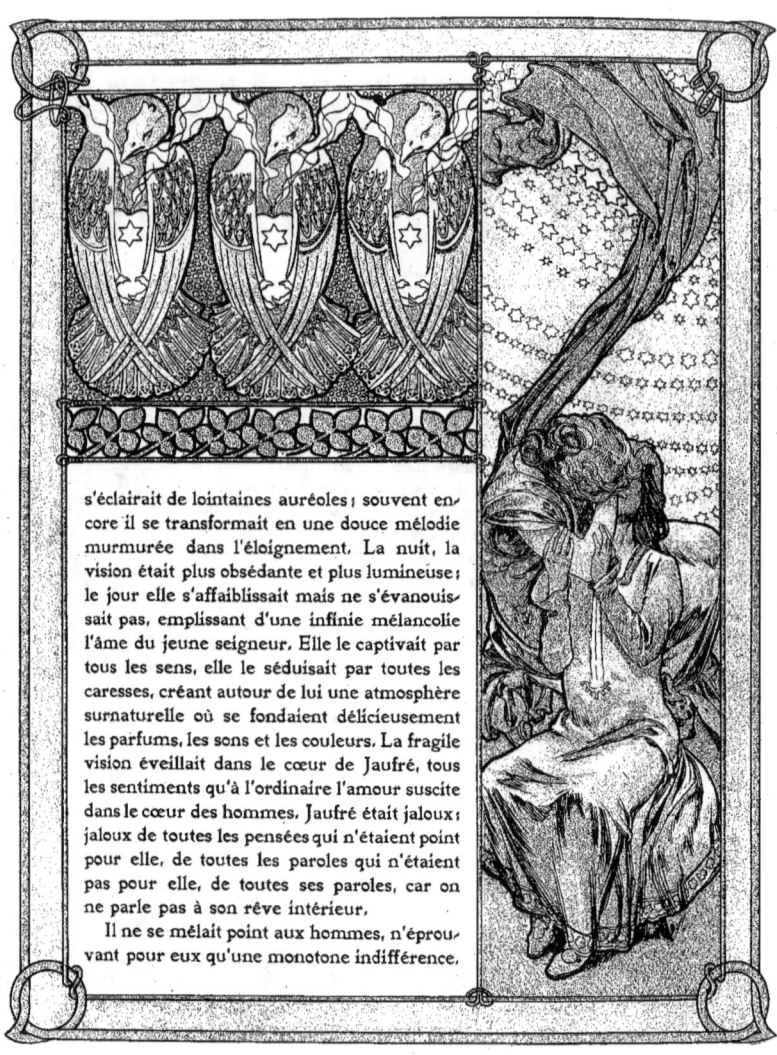

s'éclairait de lointaines auréoles ; souvent encore il se transformait en une douce mélodie
murmurée dans l'éloignement. La nuit, la
vision était plus obsédante et plus lumineuse ;
le jour elle s'affaiblissait mais ne s'évanouissait pas, emplissant d'une infinie mélancolie
l'âme du jeune seigneur. Elle le captivait par
tous les sens, elle le séduisait par toutes les
caresses, créant autour de lui une atmosphère
surnaturelle où se fondaient délicieusement
les parfums, les sons et les couleurs. La fragile
vision éveillait dans le cœur de Jaufré, tous
les sentiments qu'à l'ordinaire l'amour suscite
dans le cœur des hommes. Jaufré était jaloux ;
jaloux de toutes les pensées qui n'étaient point
pour elle, de toutes les paroles qui n'étaient
pas pour elle, de toutes ses paroles, car on
ne parle pas à son rêve intérieur.

Il ne se mêlait point aux hommes, n'éprou-
vant pour eux qu'une monotone indifférence.

Un jour, pourtant, on lui annonça que
des archers du duc de Normandie recon-
duisaient jusqu'aux Marches espagnoles des
femmes de mauvaise vie. Au grand étonne-
ment de tous, il ordonna de convier les
malheureuses à un festin, où il voulut les
servir lui-même; puis il répandit sur leurs
pieds fatigués par la marche les baumes les
plus rares et sur leurs chevelures emmêlées
par le vent de la route, des huiles parfumées.
Il ouvrit ensuite un Evangile enluminé et
conta l'histoire de cette femme de Magdala
qui s'émut de pitié et d'amour pour celui dont
le corps douloureux faiblissait sous le fardeau
de la croix de bois en gravissant les pentes
arides d'une colline de Judée. Lorsqu'il eut
fini cette touchante légende, Jaufré baisa au
front chacune d'elles, et le troupeau des
pauvres femmes poursuivit son monotone
exode vers quelque part, vers ailleurs.

Cette visite n'alla point sans soulever les plus violentes indignations. Pour tous, le castel était devenu un antre infernal habité par des gnomes malicieux et des nymphes strygiennes. Le bon prieur Adalbert vint de nouveau déclarer à Jaufré qu'il était, à n'en point douter, la proie d'influences démoniaques et qu'il lui fallait obtenir du ciel la grâce d'expulser l'esprit malin. Aussi le prieur lui conseilla-t-il d'envoyer en Terre-Sainte quelques fidèles, espérant, cette pénitence par procuration une fois accomplie, que le ciel lui accorderait sa complète libération.

— Qu'il soit fait selon votre désir, mon Père, lui répondit Jaufré. Ordonnez aux fidèles que vous aurez choisis d'aller vers le tombeau de Notre-Seigneur le Christ; qu'ils partent, et que bientôt ils reviennent me faire le récit de leur pieux voyage.

— Mais qui les conduira ? interrogea le prieur.

— Les pèlerins n'ont pas besoin d'un chef pour les conduire, répondit Jaufré. Qu'ils partent, selon le mot de Salomon, semblables aux sauterelles qui n'ont point de roi et qui s'en vont par bandes.

Adalbert réunit les chrétiens les plus zélés et leur apprit le but du saint voyage qu'ils allaient entreprendre. Les pèlerins, peu de jours après, étaient prêts à partir. Ils avaient réuni vingt chariots attelés de bœufs blancs; les uns étaient remplis de chasubles d'or et d'images sacrées; d'autres étaient couverts des plus belles gerbes de la moisson nouvelle. Il y en avait aussi que l'on chargea de coffrets de pierres précieuses, de rubis flamboyants, d'émeraudes à l'eau profonde, de saphirs aux fumées bleues, de topazes aux reflets d'or.

Le jour du départ, lorsque le soleil se leva, les pèlerins étaient réunis devant le château. Genoux en terre, ils dirent une dernière prière; puis, se relevant, ils entonnèrent les psaumes de la Pénitence et s'éloignèrent.

L'été resplendissait sur la plaine chargée des jeunes moissons, et dans un poudroiement de lumière, la troupe de ceux qui partaient disparut bientôt à l'horizon, et leur voix s'éteignit, couverte par le chant des cigales.

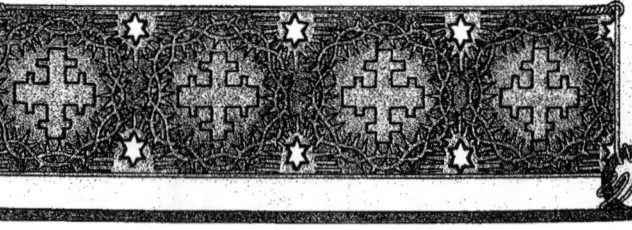

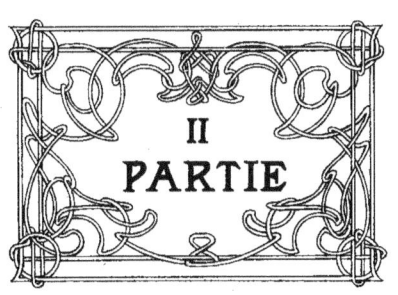

II
PARTIE

CHAPITRE I

Sous la fureur du soleil africain, à travers les bois où les palmes tranquilles se découpaient en sombre verdure sur l'horizon, une troupe de jeunes femmes s'avançait, rieuse et bavarde.

— Quand serons-nous à la mer? demanda l'une d'elles?

— Lorsque le soleil sera juste au-dessus de nos têtes, répondit l'une de ses compagnes.

— Nous serons en retard, poursuivit une autre, la princesse nous aura devancées.

— Tu es trop amoureuse, acheva une quatrième. Les biches qui

conduisent la litière de la Princesse Ilsée ont les pattes tendres, et les chemins sont desséchés par le soleil. Il n'a pas plu depuis si longtemps.

— C'est un malheur ; bientôt on sera misérable à Tripoli.

— Oh! non; la Princesse est si bonne! Hier elle a donné son manteau de pourpre au mari d'Haïka; la pauvre femme a eu deux jumeaux la nuit dernière.

— Ils seront beaux, ils sont nés au premier croissant.

— Tu prendras l'un d'eux pour époux.

— Je serai trop vieille.

— Ton oncle Hakim est sorcier; il te donnera des philtres pour ne pas vieillir, pour garder tes cheveux d'or et tes lèvres roses. Le chef de la tribu des Hékissites a dit l'autre jour à mon frère qu'il n'avait jamais vu de roses aussi roses que tes lèvres, je crois qu'il t'aime.

— Laissez donc, interrompit une autre, Ilsée aime Djeldah, elle ne permettra jamais qu'elle se marie.

— Mais la princesse Ilsée se mariera, son père le veut ; depuis plusieurs jours, lorsqu'elle descend autour du bassin de marbre émietter un pain de frais maïs à ses cigognes, j'ai remarqué qu'elle avait les yeux tout roses d'avoir pleuré.

— C'est vrai, c'est vrai, s'écria en chœur la troupe gracieuse des jeunes femmes.

Elles arrivaient à la lisière des bois de bananiers et soudain, battant des mains, avec des exclamations enfantines, elles s'écrièrent : « La mer ! la mer !.. »

Infiniment, une nappe bleu sombre, quelquefois éclaircie en de glauques transparences, s'étendait jusqu'à rejoindre le ciel. Une grève d'or, par endroits rosée selon les jeux du soleil sur la nacre des coquillages, étalait ses fins tapis jusqu'aux vagues qui,

brisées par les récifs du large, lui devenaient
indulgentes.

Arrivées à l'endroit où le flot venait
mourir sur le sable mouillé, les jeunes
femmes, avec des rires frais, échangèrent
de menus propos et des phrases enjouées.

— L'eau est froide, tu sais.

— Le soleil sera doux sur les épaules.

— Tu es folle, il sera brûlant.

— Dis-tu cela pour m'effrayer ?

— Ta peau deviendra noire comme les
prunes de l'oasis.

— Ce sera bien fait, et les pêcheurs du
port ne te choisiront plus toujours pour
t'aimer au fond des barques.

— Vous dites cela, méchante, pour me
faire chasser par la princesse Ilsée ; je ne
connais pas de pêcheur, leurs mains sont
rudes et salées, ils ont des écailles de poisson
dans les cheveux ; je n'aime pas les pêcheurs.

Et ce fut dans tout le petit groupe, gracieusement disposé, une véritable joie d'entendre

ainsi leur compagne se défendre avec peine de faiblesses que la jalousie n'avait point laissées inconnues.

— Allons, allons! vous êtes méchantes aujourd'hui, interrompit Djeldah. Voilà que vous faites pleurer Tentyra.

Et en effet, Tentyra sanglotait en ramenant sur son visage ses admirables cheveux d'or fluide et léger, où le soleil se jouait.

— C'est l'heure du bain, décida Djeldah d'une voix de douceur autoritaire. La princesse sera mécontente de ne point trouver vos tuniques à chauffer sur le sable, et de ne point nous apercevoir dansant parmi les vagues.

— C'est vrai, c'est vrai, Djeldah a raison, approuvèrent les jeunes femmes.

Et brusquement leur groupe se sépara; elles se dispersèrent sur la plage et Tentyra, ses larmes séchées, laissa s'entr'ouvrir le rideau parfumé de sa chevelure.

Bientôt les tuniques jetées à terre, les

épaules nues saillirent hors des draperies de
lin, et avec des cris de joyeuse et volontaire
frayeur, les baigneuses, au milieu du jaillis-
sement cristallin de l'eau, frissonnèrent sous
la froide caresse du flot; les chevelures
d'ébène ou d'or clair se mêlèrent à la vague,
pareilles à des algues légères dans la transparence changeante de la mer, tandis que
les bras blancs, gracieusement élevés au-
dessus de la surface liquide, s'assemblaient, se
joignaient ou se querellaient tout ruisselants,
avec une grâce voluptueuse que l'eau, verte
ou bleue selon le caprice du soleil, rendait
encore plus étrange et plus inattendue.

Soudain le silence se fit, les jeunes femmes
cessèrent leurs ébats ; une litière traînée par
deux biches au pelage de neige venait de

s'arrêter sur la plage. Ses rideaux bordés de pourpre et d'or s'écartèrent,
et une tête de femme s'y encadra, admirablement belle et mélancolique.

La princesse quitta le lit de feuillage où elle était assise et fit quelques
pas vers la mer ; elle y venait surveiller le bain de ses suivantes. Elle
était toute vêtue de voiles blancs et légers, si légers que la faible brise
marine les gonflait de son imperceptible haleine. Sous un simple diadème
orné de mystérieuses opales se dénouait une admirable chevelure de
flammes à la fois ardentes et douces qui, étrangement, éclairait son
visage d'une lumière surnaturelle. Sa bouche, qui ne souriait pas, était
plus belle et plus touchante de tous les sourires qu'elle dédaignait ; mais
de même que dans l'univers, selon le Psalmiste, le ciel seul nous importe,
de même tout l'intérêt de cette figure charmante résidait en ses yeux, où
se fondaient les couleurs profondes de bleuets inconnus qui eussent fleuri
exactement en cette ligne idéale et jamais atteinte où les plaines célestes
semblent rejoindre celles de la mer.

O ces regards, que la terre était indigne
de fixer! Et pourtant quel enchantement eut
égalé leur charme désabusé que cernaient
l'ombre et le silence. Ils étaient clairs comme
le doux acier des belles armes, mais aussi
profonds d'une miséricorde infinie. Leur
tristesse exquise et comme volontaire parti-
cipait un peu de la désolation immense du
désert de Ghadamès, le plus fertile en beaux
mirages; leurs cils, leurs longs cils, lorsqu'ils
se baissaient, semblaient enclore dans leurs
fines barrières des images aimées et comme
des provisions pour le rêve.

Bientôt la folle troupe des baigneuses
rendues soudain graves par l'arrivée de la
princesse, eut silencieusement revêtu les
tuniques de lin toutes chaudes de soleil. La
princesse regagna sa litière et ordonna à
Djeldah d'y prendre place à ses côtés, et les
biches, d'un pied prudent, entraînèrent leur
léger fardeau.

Le soleil commençait à décliner vers la
mer. Les rochers creux apparaissaient dans

une ombre transparente et leur cime rose
s'empourprait vers le midi de teintes violettes. Dans l'air étouffant, quelques palmiers disséminés sur la côte, dressaient leur
silhouette majestueuse et précise, tandis que
vers l'orient, des bandes d'oiseaux au blanc
plumage, dans leur course directe et rapide,
rayaient d'un trait de neige l'horizon impla-
cablement bleu.

— Vous êtes triste, princesse? remarqua
Djeldah. Est-ce la guerre que le seigneur
votre père fait aux pirates de la côte qui
vous effraie?

— Je n'ai point peur de la guerre, Djeldah.
La guerre peut être noble, la guerre est
nécessaire aux hommes pour la beauté de la
victoire, aux femmes pour l'amertume des
larmes.

— N'est-ce point plutôt que vous souffrez
de ne pouvoir vous joindre à ces guerriers
qui, de tous les coins du monde, après
avoir cousu sur leur poitrine la croix de
laine rouge, s'en vont dans les montagnes

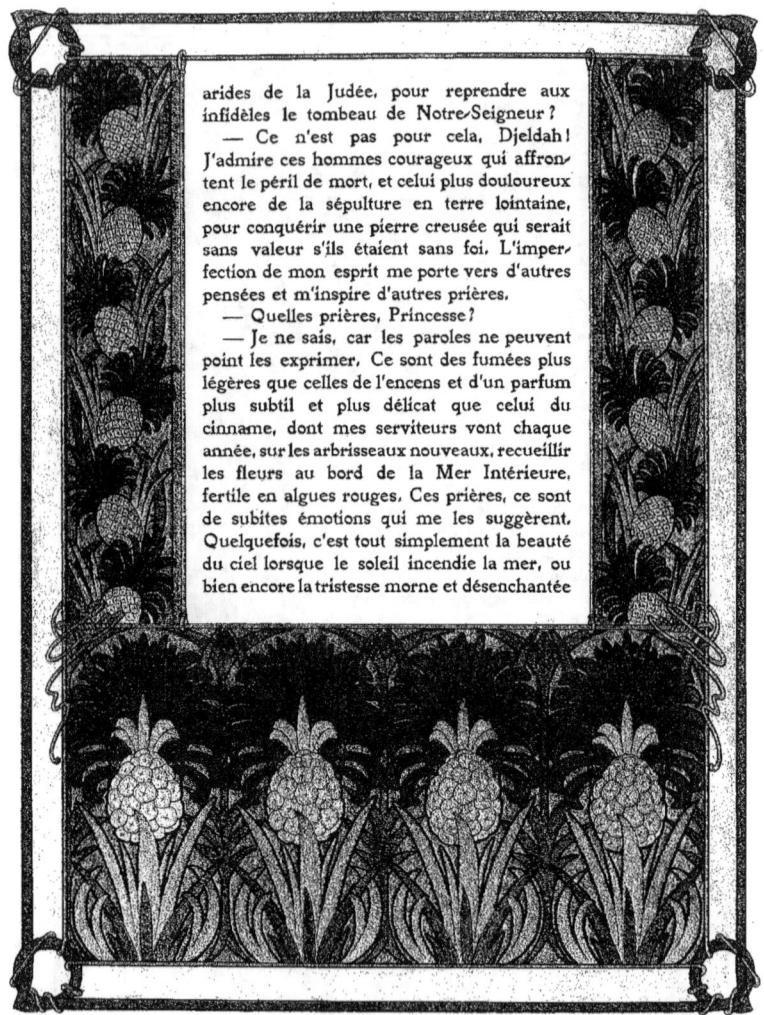

arides de la Judée, pour reprendre aux
infidèles le tombeau de Notre-Seigneur?

— Ce n'est pas pour cela, Djeldah!
J'admire ces hommes courageux qui affron-
tent le péril de mort, et celui plus douloureux
encore de la sépulture en terre lointaine,
pour conquérir une pierre creusée qui serait
sans valeur s'ils étaient sans foi. L'imper-
fection de mon esprit me porte vers d'autres
pensées et m'inspire d'autres prières.

— Quelles prières, Princesse?

— Je ne sais, car les paroles ne peuvent
point les exprimer. Ce sont des fumées plus
légères que celles de l'encens et d'un parfum
plus subtil et plus délicat que celui du
cinname, dont mes serviteurs vont chaque
année, sur les arbrisseaux nouveaux, recueillir
les fleurs au bord de la Mer Intérieure,
fertile en algues rouges. Ces prières, ce sont
de subites émotions qui me les suggèrent.
Quelquefois, c'est tout simplement la beauté
du ciel lorsque le soleil incendie la mer, ou
bien encore la tristesse morne et désenchantée

du désert, où les gazelles elles-mêmes meu-
rent le soir sur le sable tiède. Une feuille qui
tombe a quelquefois arraché des larmes de
mes yeux, et l'autre jour j'ai sangloté comme
une petite fille sur les plumes lisses et froides
d'une de mes cigognes. Tout ce qui est
mystérieux, tout ce que je ne comprends
pas, tout ce qui flotte sur cette mer délicieusement vague qui entoure et baigne la
vie précise, me charme jusqu'à me jeter en
des extases, dont l'ivresse est infinie. Il me
semble toujours que quelqu'un va soudai-
nement sortir de ce lumineux brouillard,
tenant à la main la fleur rédemptrice de rêve
et de mélancolie dont je respire, depuis que je
suis née, l'adorable mais si lointain parfum.

— Je ne comprends pas, mais je vous
aime, interrompit Djeldah.

— Alors, tu comprends, Djeldah..., répondit
Ilsée, en embrassant au front sa compagne.

— Mais, poursuivit elle, ce n'est pas là le
souci qui m'occupe aujourd'hui. Ce qui me
chagrine, ce qui met sur mes yeux comme
un voile, c'est une souffrance moins triste et
plus pénible, puisqu'il s'agit d'une réalité. Ce
n'est, pour ainsi dire, que le dessus de mon
cœur qui est intéressé. Mon père, que j'aime
puisqu'il est mon père, veut me forcer à
prendre un époux.

— Un époux ! Mais j'y ai souvent rêvé,
princesse, et je ne sache pas qu'il y ait là de
quoi tant vous alarmer.

— Djeldah, Djeldah, continua Ilsée, tu ne
sais pas ce que tu dis. Ta joyeuse et charmante petite âme s'est plue à toutes les joies
de la route pour s'en réjouir, à toutes les
misères pour les consoler. Mais, tu n'as

jamais regardé de plus loin, ou plus haut, et moi, c'est toujours vers cet « ailleurs », vers cet « au-delà », que j'ai fixé, comme un regard profond et tendre, ma pensée tout entière.

La litière s'arrêta. Les jeunes femmes qui la suivaient accoururent, empressées, pour écarter, de leurs mains enfantines, les rideaux de lin et tendirent leurs épaules fraîches et rondes, afin que la princesse s'y appuyât légèrement pour mettre pied à terre.

On était parvenu à la lisière de l'oasis, où s'élevait le palais magnifique et puéril de la princesse Ilsée. Des sons de trompe annonçaient à la troupe gracieuse que des cavaliers l'y avaient devancée, accompagnant le comte, père d'Ilsée. Ils l'attendaient en effet, attablés devant les brocs d'argent rehaussés de corail rose et agrémentés de turquoises, selon la mode byzantine.

— Djeldah, Djeldah, murmura la princesse, les ennemis de mon rêve

et de mon espoir ont envahi ma demeure. Sous les charmilles délicates des fleurs orientales, ils sont embusqués comme de farouches animaux. Mon cœur a peur de leur violence. Soutiens, soutiens-moi.

Et lentement, comme à regret, les deux femmes gagnèrent la petite porte du palais, tandis que leurs suivantes, dont le rire frais n'était point fané sur les roses de leurs lèvres, se dispersaient, joyeuses, à travers le bois parfumé.

CHAPITRE II

C' était un palais merveilleux que celui de la princesse Ilsée. L'oasis au milieu de laquelle il s'élevait était la plus belle du monde. Un vaste jardin l'entourait, tout de roses, d'héliotropes et d'iris; sous les massifs de rhododendrons et d'azalées, des sources fraîches couraient, à demi cachées sous les mousses. Et tout autour c'était la forêt où les branchages, gais et divers ménageaient des grottes d'ombre et de verdure; au milieu des clairières où les herbes d'or abritaient la grâce rampante des liserons, le soleil se jouait sur l'eau pure et sans cesse renouvelée des bassins cerclés de marbre blanc; tout un monde de poissons aux couleurs éclatantes glissait silencieusement sur le sable d'argent à travers les arceaux inattendus des roses goemons; sur les bords, d'impassibles pélicans regardaient s'ébattre les

vols frisés, huppés et mordorés des canards et des sarcelles, dominés
par la silhouette élégante et précise des hérons au milieu desquels,
retiré du monde au sommet de sa patte, le bec sous les plumes, le grave
flamant songeait aux migrations prochaines. Les antilopes aux yeux
clairs couraient à travers les allées dont seules quelques gouttes de
soleil étaient parvenues à percer les feuillages. Sur les arbres, point de
nids ; les oiseaux qui, par milliers, y faisaient entendre leurs modulations
diverses, n'avaient pas besoin de prendre la peine de s'y former un abri ;
l'admirable et clémente nature s'était chargée de ce soin ; et une feuille,
une palme assurait leur frêle existence contre le hasard des équinoxes.

C'est au milieu de cette forêt toute bruissante et frémissante d'ailes
et d'eaux vives que s'élevait le palais d'Ilsée ; l'architecture en était
bizarre et presque surnaturelle. Quand la princesse avait exprimé le
désir de quitter la ville de Tripoli et d'édifier dans l'oasis une demeure
dont elle voulait être l'architecte ingénue, le seigneur son père l'y avait
autorisée et, la laissant poursuivre sa fantaisie, avait continué d'habiter
la cité où les servantes de ses plaisirs étaient nombreuses. Ilsée
n'employa à cette construction que des enfants, de jeunes apprentis
sans expérience, et pour leur indiquer les vieux styles, deux ou trois
vieillards que la rumeur publique affirmait être un peu sorciers.

Le père d'Ilsée crut sa fille folle, mais eut la paresse de ne point

s'opposer à sa volonté. Bientôt on charria les bois précieux, le jaspe et l'onyx, et toutes les pierres les plus belles du monde : les marbres rayés de noir du Bosphore, les agathes brunies des carrières Gauloises, les grès verdâtres du Taygète, le granit étoilé des Balkans, la pierre de Paros, semblable à une chair transparente, et enfin les silex dorés de la Tripolitaine. L'inexpérience de la princesse et la jeunesse des ouvriers semblaient rendre impossible l'édification du palais, et pourtant le palais s'élevait. Les bruits les plus étranges coururent dans le pays : on parla d'aides mystérieux venus on ne sait d'où pour servir les projets de la princesse. En s'abattant sur les marbres durs, les marteaux ne faisaient pas de bruit : seuls on entendait les chants des ouvriers s'élever calmes et mélodieux. Ils disaient :

« Nous construisons le palais de la Douceur et de la Grâce miséricordieuse, et nos bras ne se fatiguent pas à ce pénible labeur. Nous travaillerions des années sans songer à prendre de repos. La gaieté habite dans nos cœurs. Les murailles les plus hautes s'élèvent faciles et légères. La pierre se creuse d'elle-même, sous le ciseau, pour former les plus belles sculptures. La terre fleurit sous les pas de la princesse, et nous sommes les heureux artisans de sa précieuse demeure. »

Aux ouvriers improvisés, l'argile même qu'ils avaient négligé de demander eût été inutile, car entre chaque assise de marbre, lorsque les heureux maçons reprenaient à l'aube leur travail, des fleurs, vignes vierges ou liserons, clématites ou saxifrages avaient pendant la nuit noué ensemble, entrecroisé leurs lianes et poussé leurs vrilles jusque dans les moindres interstices, défiant la solidité des ciments les plus fameux.

Et sans doute, ce ne furent pas là les seuls collaborateurs qui vinrent en

aide à la princesse Ilsée, les fées aussi s'en mêlèrent, ciselèrent les
métaux, découpèrent les marbres jusqu'à faire de ce palais, malgré
son incomparable richesse, un chef-d'œuvre de grâce légère.

Les salles succédaient aux salles ; des jets d'eau y chantaient dans
la blancheur des vasques, tandis qu'en mosaïques précieuses, des
compositions d'un charme naïf évoquaient les plus vieux souvenirs de la
Tripolitaine. C'était Battus tenant dans ses mains grossières les grains
de blé dont il ensemença, le premier, le sol maigre de la plaine ; puis

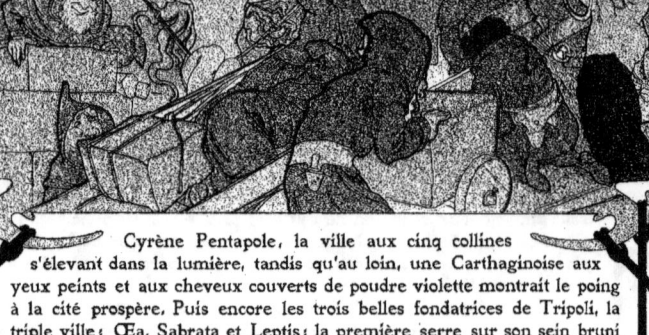

Cyrène Pentapole, la ville aux cinq collines
s'élevant dans la lumière, tandis qu'au loin, une Carthaginoise aux
yeux peints et aux cheveux couverts de poudre violette montrait le poing
à la cité prospère. Puis encore les trois belles fondatrices de Tripoli, la
triple ville ; Œa, Sabrata et Leptis ; la première serre sur son sein bruni
deux jumeaux aux joues gonflées de lait ; la seconde, sur un trépied
d'ivoire, entretient une flamme sacrée ; la troisième découvre, avec la
grâce la plus impudique, les parfaites rondeurs d'un corps souple et cambré.
Voici, déchirant les toges romaines avec des mains sanglantes les Numides
aux féroces ricanements ; voilà, arrivant sur leurs coursiers aux croupes
tombantes, le visage encadré du burnous blanc, les fils d'Arabie qui
assemblent les femmes par troupeaux et coupent les mains courageuses
des guerriers.

D'autres salles, claires et spacieuses, étaient de véritables jardins
intérieurs ; les lauriers-roses s'y mêlaient aux fleurs pâles de verveine.
L'enchantement de cette demeure venait surtout de la lumière diaphane
qui la baignait et qui donnait aux choses les plus proches je ne sais
quelle apparence lointaine. Oui, c'était bien là l'incomparable palais où
devaient s'ouvrir et se clore les yeux profonds et doux de la princesse.

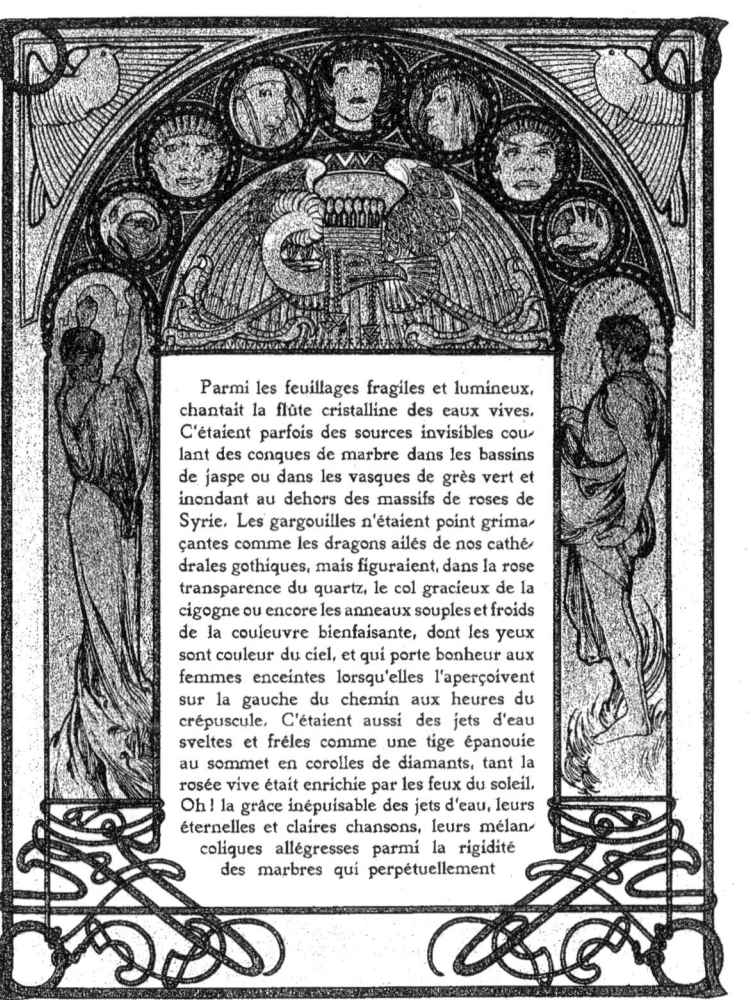

Parmi les feuillages fragiles et lumineux,
chantait la flûte cristalline des eaux vives.
C'étaient parfois des sources invisibles cou-
lant des conques de marbre dans les bassins
de jaspe ou dans les vasques de grès vert et
inondant au dehors des massifs de roses de
Syrie. Les gargouilles n'étaient point grima-
çantes comme les dragons ailés de nos cathé-
drales gothiques, mais figuraient, dans la rose
transparence du quartz, le col gracieux de la
cigogne ou encore les anneaux souples et froids
de la couleuvre bienfaisante, dont les yeux
sont couleur du ciel, et qui porte bonheur aux
femmes enceintes lorsqu'elles l'aperçoivent
sur la gauche du chemin aux heures du
crépuscule. C'étaient aussi des jets d'eau
sveltes et frêles comme une tige épanouie
au sommet en corolles de diamants, tant la
rosée vive était enrichie par les feux du soleil.
Oh ! la grâce inépuisable des jets d'eau, leurs
éternelles et claires chansons, leurs mélancoliques allégresses parmi la rigidité
des marbres qui perpétuellement

reçoivent leurs plaintes hautaines, leurs musi-
cales confidences et qui ne les comprennent
point, bien qu'en leur profondeur, dans les
veines roses de leurs blocs, coure le sang
divin de quelque déesse antique.

A peine la princesse eut-elle pénétré dans
un large vestibule, qu'une esclave syrienne
vint l'avertir que le seigneur son père et trois
étrangers l'attendaient pour lui rendre visite.

— Ils apportent de nombreux présents,
ajouta l'esclave, et ils sont suivis de plus de
douze mules chargées de riches étoffes; des
serviteurs nubiens portent des coffrets de fer
et vous aurez, princesse, de belles parures,
car on ne fait point de coffrets en fer si ce
n'est pour renfermer les bijoux d'or.

Ilsée gagna la salle basse, dite des armures, où les lances et les glaives étaient mouchetés de bouquets de roses. Assis autour de la table de chêne, les convives n'aperçurent point tout d'abord la princesse.

Ilsée s'agenouilla devant son père, le Seigneur-Comte ; elle-même, en effet, ne portait le titre de princesse que par jeu et pour être plus facilement la protégée des fées qui, toujours, se sont plus volontiers intéressées aux princesses.

— Mon père, dit-elle, vous m'avez appelée et je suis venue.

— Relevez-vous, ma fille, et regardez ces trois seigneurs ; je veux respecter la coutume de France où le chef de famille n'impose pas à ses enfants l'obligation de prendre tel époux ou telle épouse. Aussi vous ai-je amené ces trois gentilshommes pour qu'entre eux vous choisissiez. Ils sont tous trois les plus galants du monde et ont de quoi satisfaire tous vos désirs et tous vos caprices.

Les trois seigneurs approuvèrent de la tête.

— Et maintenant ils vont vous dire leurs mérites sans qu'une vaine modestie les décide à en cacher quelqu'un.

Les pots d'étain furent remplis d'eau adoucie de miel et de roses.

— Je suis, dit le premier seigneur en se levant, Erdélius le sage. J'ai eu jadis le cœur ravagé par la flamme des passions; mais à force de prudence et dans les longues extases d'une vie méditative, j'ai étouffé tous ces germes mauvais. Depuis lors, je suis devenu véritablement heureux; je vis loin des hommes dont le commerce ne pouvait que me pousser vers des luttes nouvelles, et je voudrais finir mon existence auprès d'une épouse douce et belle dont les bras me permettraient d'oublier ma sagesse, tout en me laissant conserver mon repos... Je vous apporte, dans des coffrets de maro-quin, tous les livres où sont renfermés les préceptes les plus véritables sur la manière de vivre dans les limites d'un honnête bonheur.

Ilsée contempla avec douceur le seigneur Erdélius qui parlait d'une voix grave et régulière. Il était habillé sans recherche.

Ses cheveux, dont on eut dit qu'une cendre légère amoindrissait l'éclat doré, disparaissaient sous un col de velours noir relevé et maintenu par une chaîne d'argent mat.

— Seigneur, votre haute sagesse est trop loin de moi ; vous avez trouvé le secret de la vie heureuse et je ne voudrais pas ternir la beauté de vos leçons, que je recevrais peut-être sans qu'elles portent en moi tous les fruits désirables. Vous êtes fort, seigneur, entre les forts, puisque vous savez où réside le bonheur, et je ne pourrais espérer embellir une telle existence.

Le second seigneur se leva. Il était vêtu tout de noir et fort simplement. Ses yeux étaient comme fanés, mais une belle gravité ennoblissait son visage.

— Je suis, dit-il, Eldenias le savant ; le monde entier sait mon nom et le bénit ; et il n'est point une ville d'Asie ou d'Europe

dont les habitants ne connaissent mes inventions. J'ai jeté au fond de mes alambics toutes
les substances et je pense même pouvoir
découvrir, en un temps prochain, le secret
mystérieux de la vie.

— Seigneur, répondit la princesse Ilsée,
votre grandeur effraye mon humilité. La vie
est déjà trop définie et trop précise pour moi,
et s'il faut encore que vous en découvriez
le secret comme le seigneur Erdélius en a
trouvé le sens caché, la force de supporter
une existence aussi prévue viendrait à me
manquer.

— Mon nom est Hildéric le Guerrier,
s'écria le troisième seigneur d'une voix forte
et profonde. Ma mère était vampire et se
coupa le sein droit pour pouvoir plus facilement tirer de l'arc. J'ai pris des villes, des
champs, des campagnes, des pays entiers.
J'ai traîné captifs derrière mon char, reliés
par des chaînes de fer, des vieillards, des
femmes, des enfants.

J'ai vu les plus affreux carnages, j'ai franchi, après la bataille, des ruisseaux où le sang coulait à pleins bords, et j'ai conquis, par mes prouesses et ma vaillantise, de quoi construire plus de cent villes et autant de palais.

— J'aime votre courage, seigneur, répondit la princesse. Le hasard des destinées ne saurait manquer de donner à une telle existence, la valeur de l'inattendu. Mais l'action vous enchaîne; la volonté maîtrise votre vie et l'étouffe, et il faut pour votre bonheur que votre bras se lève.

Et Ilsée pleine de craintes eut une horrible vision. Elle apercevait levant chacune leur arme terrible sur la fleur humble et si frêle de son rêve, sur cette fleur dont le parfum discret semblait dire toujours à la réalité : « Pas encore, tout-à-l'heure, plus tard », trois femmes : la Sagesse qui, dans ses belles et froides mains, tenait un glaive sûr; la Science brandissant au bout de ses doigts fins et osseux une longue et perçante aiguille, et la Guerre, casquée et cuirassée d'or, portant une lance encore humide de sang rose.

Lorsque la vision s'affaiblit et qu'Ilsée revint à elle, les trois seigneurs avaient disparu... Seul, le Comte achevait de vider le broc placé devant lui.

— J'attends, commanda-t-il...

— Je vous supplie, mon père, d'abandonner votre première volonté.

— Mais alors, poursuivit le seigneur, qui prendrez-vous pour époux ?

— Je ne sais, mon père, répondit Ilsée, mais celui-là sera faible, douloureux et souffrant. Ses yeux seront las du spectacle de la vie ; ils regarderont au-delà des choses, de l'autre côté, plus loin,., et souffriront de l'horizon trop proche, de la falaise trop précise, de la demeure trop certaine.

— Vous parlez, ma fille, interrompit brusquement le Comte, comme les sorcières que j'ai fait brûler l'an dernier sur la grand'place de Tripoli. Or donc, choisissez, ce soir même, entre les trois prétendants que je vous ai désignés ou craignez, en me résistant, d'encourir ma colère !

Vaincue par ces dures paroles, mais encore confiante en un salut imprévu, Ilsée promit doucement : « Oui, mon père, il sera fait selon vos ordres, et je choisirai l'un des trois prétendants que votre volonté m'impose, et ce ne sera point sans doute le sage Erdelius ou le savant Eldenias, mais plutôt le farouche Hildéric, serviteur indomptable et cruel de la Guerre. Oui, je ferai cela. Je cueillerai dans les champs clairs de mon âme toutes les fleurs que mon rêve y verra pour qu'elles se fanent vite, bien vite, et que j'oublie jusqu'au souvenir de ma longue et délicieuse extase. Ce soir même je vous aurai obéi, à moins que quelque étranger ne vienne jusqu'à cette demeure porter ses pas égarés et ne m'enseigne enfin le terme de ma longue attente. »

— Je vous sais gré, ma fille, répondit le Comte, de votre obéissante sagesse. Je suis tranquille. L'oasis où votre fantaisie plaça cette demeure n'est point sur la route que suivent les caravanes. La mer seule y pourrait jeter ses naufragés les soirs de tempête, et lorsqu'elle les

rend à la terre, ce n'est point sans les avoir
brisés contre les récifs de la côte.

A peine le seigneur achevait-il ces paroles
que des voix lointaines et douloureuses s'élevèrent. Le vent en apportait le faible écho.
Et les voix disaient : « Nous avons souffert
« par les chemins du monde, nos pieds ont
« saigné sur les durs cailloux des routes, les
« ronces de la forêt ont déchiré nos mains ;
« nous avons eu froid, nous avons eu faim,
« nous avons eu soif ; mais rien n'a lassé
« notre énergie, rien n'a diminué l'éclat
« charmant, dans la nuit obscure, de l'étoile
« d'espoir qui s'est levée pour nous du fond
« de la mer. Nos pieds ont saigné sur les
« durs cailloux des routes, les ronces de la
« forêt ont déchiré nos mains. »

Et les voix se rapprochèrent. On distinguait les sanglots qui entrecoupaient le
cantique de brusques arrêts ; on devinait le
souffle expirant sur les lèvres séchées par la
soif, et les voix continuaient :

« Mais Dieu a eu pitié de nous ! Il a entendu notre prière, il a voulu
« récompenser notre courage. L'encens de nos plaintes est monté
« jusqu'à lui. Et il a conduit nos pas vers la fraîche oasis, où les
« sources s'éveillent sous le léger balancement des palmes, où les fleurs
« naissent en bouquets pressés et parfumés comme autour d'un autel
« pour glorifier quelque sainte au nom miséricordieux. »

— Quelles sont ces gens ? s'écria rudement le Comte.

— Quelles sont ces gens ? murmura Ilsée, d'une voix tremblante
d'espérance.

Djeldah entra en courant :

— Princesse, princesse, ce sont des pèlerins, de pauvres pèlerins ;
leurs yeux sont fatigués, leurs pieds saignent ; ils souffrent, ils gémissent,
ils ont la corde au cou. Leur gourde est séchée ; ils demandent l'hospitalité.

— Qu'on les chasse ! rugit le Comte.

— Qu'ils entrent, commanda Ilsée.

CHAPITRE III

uand le lendemain le jour se leva sur l'oasis, toute fraîche dans la jeune lumière, les pèlerins par petits groupes contemplèrent les fleurs géantes des allées spacieuses et toutes les merveilles du parc de la princesse. Aucun d'eux n'avait prononcé son nom, mais à cette discrétion même il était facile de deviner qu'une admiration, à la fois étonnée et très douce, emplissait leur cœur.

Bientôt une petite cloche où semblaient résonner les voix mêlées du cristal et de l'argent, rallia les pèlerins autour du palais.

La princesse Ilsée, en effet, les attendait dans la grande salle.

Comme la veille, alors que la poussière du chemin fermait à demi leurs yeux rougis par la fatigue, ils se mirent à genoux, mais Ilsée, d'un mot, d'un sourire, les releva en leur disant qu'elle n'était point si grande

dame et que c'était pour elle un parfait bonheur de les recevoir sous le toit de cèdre de sa demeure.

Les pèlerins parurent étonnés que celle qu'ils admiraient déjà comme une Sainte de Grâce et de Bonté, parlât comme une femme et sourît comme une jeune fille.

Une joie véritable se peignit dans leurs yeux et leurs regards disaient : « Nous pouvons lui parler, nous pouvons lui dire notre tendresse, notre reconnaissance ; elle nous écoutera ; elle a des mains de Douceur et de Miséricorde, et ses yeux sont pour notre cœur un merveilleux réconfort et véritablement un ciel où nous plaçons nous-mêmes les étoiles de notre espoir et de notre désir. »

Et entre eux, à voix basse, avec vivacité, malgré la fatigue de la longue route, les pèlerins échangèrent des propos rapides et menus :

— Elle est plus belle que la Notre-Dame de ma cathédrale.

— Elle a les yeux de la couleur du ciel de France.

— Elle a la voix douce comme un peu de vent, à l'aurore, dans les feuillages fleuris.

— Et puis elle est grande.

— Et fière.

— Et pourtant si bonne.

— Si bonne.

Les larmes montaient aux yeux des pèlerins en bienfaisante rosée. Ils se taisaient, ils voulaient parler, et ils étaient enfantins et graves ;

et toutes les douleurs de la route, tous les dangers courus furent
oubliés, divinement oubliés devant le sourire rédempteur de celle qui
les accueillait avec tant de grâce.

Mais déjà les serviteurs apportaient de l'eau fraîche et parfumée
dans des bassins d'argent, et s'agenouillant devant les pèlerins, lavèrent
les pieds des voyageurs et les séchèrent dans le lin fraîchement tissé.

— Puis, dans un festin servi sur des nappes peluchées, Ilsée convia
ses hôtes misérables à rompre le pain doré de frais maïs sur la vaisselle
d'argent et à boire dans le cristal des coupes, le miel et l'eau.

Ayant mangé à leur faim, ayant bu à leur soif, les pèlerins voulurent
prendre congé de la douce châtelaine.

— Eh quoi ! leur dit Ilsée, quitterez-vous ainsi l'oasis sans m'avoir

dit quelles circonstances vous amenèrent sous mon toit ; d'où vous
venez, où vous allez, qui vous êtes ?...

— Qu'il soit donc fait, Princesse, selon votre désir !.....

Le plus vieux et le plus jeune des pèlerins s'étaient levés ; et chacun
à leur tour, lentement, ils contèrent leurs aventures.

— Princesse, commença le vieillard, comme sur les chemins de la
mer nous cherchions notre route dans les étoiles, le pilote, qui s'était
enivré du vin des Iles, a laissé notre galère s'en aller à la dérive, les
courants nous ont entraînés et portés jusqu'à la côte. Et maintenant,
nous allons prendre la mer pour regagner les rivages de notre pays.
Nous emportons dans notre cœur le souvenir charmé de votre grâce et
de votre beauté, rien ne saurait l'en effacer, ni le temps maître d'oubli,
ni la frayeur de la tempête.

— Mais, interrompit Ilsée, votre pays, quel est-il ?

— Nous habitons, poursuivit le plus jeune des pèlerins, la terre de
France. C'est une admirable contrée que les mers indulgentes ou
terribles baignent de tous côtés. Les hommes y sont fiers et courageux ;
ils parlent haut, fort et beaucoup, mais toujours pour défendre les larmes
de ceux qui pleurent, les douleurs de ceux qui gémissent. Ils sont prompts
aux plaisirs de la guerre, non moins prompts aux plaisirs de la chair.
Des forêts immenses s'y élèvent, peuplées d'arbres vigoureux et puis,
séparant ces forêts, ce sont des plaines immenses et fertiles, où les blés
ploient sous la rude caresse des vents du Nord, et aussi, avant les
ardeurs de l'été, sous le poids des épis mûrissants. Puis, lorsque les
moissons ont été ramenées dans les granges, alors que les bois enchantés
par l'automne s'enrichissent et flamboient des ors et des pourpres que le
soleil oisif leur distribue selon sa fantaisie, à l'ombre de leurs feuilles de
pâle verdure se gonflent les grappes vermeilles du raisin nouveau, leur
splendeur embellit le cep et la treille, et voici que des femmes, des

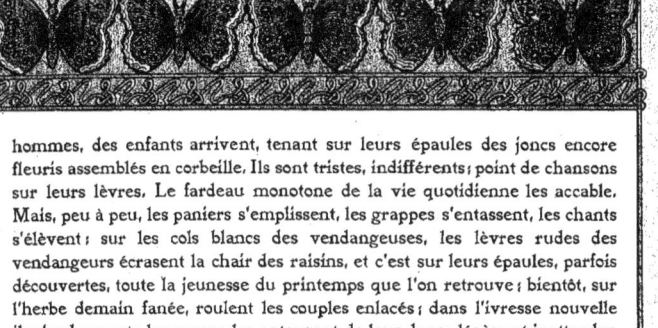

hommes, des enfants arrivent, tenant sur leurs épaules des joncs encore
fleuris assemblés en corbeille. Ils sont tristes, indifférents; point de chansons
sur leurs lèvres. Le fardeau monotone de la vie quotidienne les accable.
Mais, peu à peu, les paniers s'emplissent, les grappes s'entassent, les chants
s'élèvent; sur les cols blancs des vendangeuses, les lèvres rudes des
vendangeurs écrasent la chair des raisins, et c'est sur leurs épaules, parfois
découvertes, toute la jeunesse du printemps que l'on retrouve; bientôt, sur
l'herbe demain fanée, roulent les couples enlacés; dans l'ivresse nouvelle
ils s'endorment; les songes les entourent de leur danse légère et inattendue
et ils voient enfin s'approcher d'eux, les cheveux de flamme couronnés
de pampre, tenant, dans ses mains délicieusement souillées, une coupe
fleurie de tout l'éclat des fleurs d'automne, et penchée jusqu'à eux dans un
rire frais et nerveux, les lèvres encore humides et toutes roses du sang
de l'année, la Déesse de la vendange.

— La terre de France est donc la contrée des ivresses et des joies
bruyantes? demanda la princesse.

— Oui sans doute, reprit le vieillard, en notre doux pays de France,
on aime à se réjouir, et parfois dans les festins somptueux des grands,

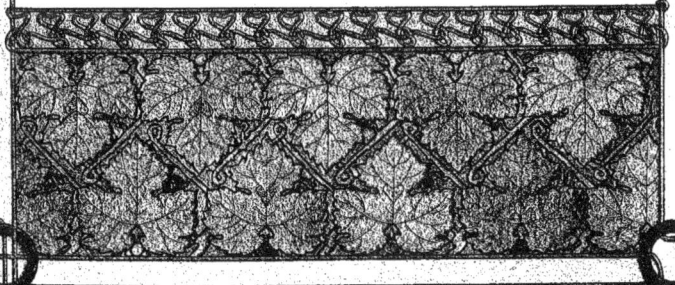

comme sous l'humble toit de chaume des bergers de la colline ou des moissonneurs de la plaine, les éclats de cette gaîté parai‑traient malséants à vos yeux, plus habitués à contempler le ciel qu'à s'abaisser sur les plaines de la terre, à vos oreilles accoutumées au doux murmure des oiseaux ou de la mer plus qu'aux longues beuveries et aux liesses joyeuses; mais, sachez‑le, la France est aussi le pays de la mélancolie, des cœurs généreux et des nobles dévouements. Et, si l'un de nous a donné à sa dame (que sa chevelure soit frémissante comme l'aile des corbeaux, ou qu'auprès d'elle la moisson pâlisse) la foi de ses pensées, sur un seul regard, il quittera tout; plaisirs, honneurs, richesses et les plus nobles travaux de sa Renommée. A‑t‑elle le désir que la cithole charme la solitude d'une longue veillée d'hiver? Il franchira sous les frimas le sentier escarpé qui mène à sa demeure. La verra‑t‑il menacée d'embûches ou de traîtrises? Il abandonnera le festin joyeux où les vins de Syracuse, dans des vases de cristal, brillent avec l'or des fruits, parmi les fumées de la venaison fraîche; et doucement, comme il lui donna son amour, il saura donner sa vie. Et il n'abandonnera ces devoirs charmants que pour d'autres,

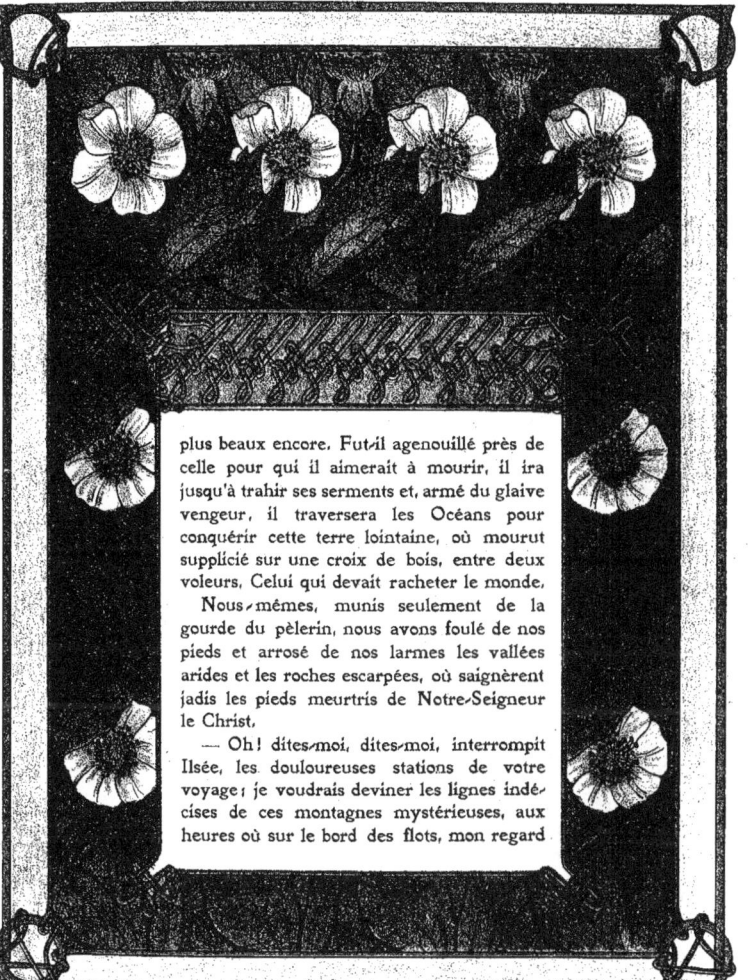

plus beaux encore. Fut-il agenouillé près de
celle pour qui il aimerait à mourir, il ira
jusqu'à trahir ses serments et, armé du glaive
vengeur, il traversera les Océans pour
conquérir cette terre lointaine, où mourut
supplicié sur une croix de bois, entre deux
voleurs, Celui qui devait racheter le monde.

Nous-mêmes, munis seulement de la
gourde du pèlerin, nous avons foulé de nos
pieds et arrosé de nos larmes les vallées
arides et les roches escarpées, où saignèrent
jadis les pieds meurtris de Notre-Seigneur
le Christ.

— Oh! dites-moi, dites-moi, interrompit
Ilsée, les douloureuses stations de votre
voyage; je voudrais deviner les lignes indécises de ces montagnes mystérieuses, aux
heures où sur le bord des flots, mon regard

cherche à plonger par-delà leur immensité.

— Nous vous obéirons, Princesse, dit le vieillard. Nous avons tout d'abord porté nos pas vers la pierre creusée où fut déposé, sous la garde des anges aux ailes de neige, le corps de Notre-Seigneur le Christ, et nous avons baisé, prosternés sur le sol, la place où sont tombées les larmes qu'a versées Madame Marie.

Puis nous avons cherché le souvenir du Seigneur dans la plaine et sur la colline; nous avons retrouvé dans la vallée de l'Hinnam le figuier feuillu, mais ne portant point de fruits, qu'Il a désigné dans la parabole. Il n'est plus là pour en dessécher le tronc stérile, et cependant cette terre est

encore telle qu'Il la trouva ; rien n'a changé,
Lui seul a disparu, mais ses paroles divines
vivront éternellement sur la bouche et dans
le cœur des hommes ; on baise la trace de
ses pas comme au jour où Il gravit, monté
sur une ânesse, les hauteurs de Jérusalem.
Jamais Il ne fut plus ineffablement présent.
Le sol qu'Il a foulé est un paradis où le vin
a le souffle de la vie, la poussière le parfum
de la myrrhe, et l'eau des fleuves la saveur
du miel.

Nous avons trempé nos pieds lassés dans
le torrent du Cédron qui coule au fond de
la vallée ; nos yeux ont pu contempler les
assises rocheuses des montagnes du Moab,
aux cîmes violettes s'estompant sur le ciel
bleu ; nous nous sommes reposés sous les
ombrages parfumés de la plaine de Saaron ;
l'air était si pur et l'atmosphère si transparente que nous avons entendu des hauteurs
de Sion la chanson des bergers de Beth-
léem. Nous avons cueilli dans le jardin de
Gethsémani le trèfle de neige qui garde sur
ses feuilles pâles l'empreinte du sang qui
coula du front du Sauveur en la nuit d'an-
goisses.

Nous nous sommes agenouillés dans la grotte bénie où le Seigneur est descendu du Ciel dans les bras de Madame sa très sainte Mère; nous avons vu se lever à l'horizon, à travers les feuillages argentés des oliviers, lointaine encore mais si fraîche, l'étoile tremblante comme une goutte de lumière, l'étoile qui guida les pas des rois mages vers le berceau de l'Enfant.

Ne pouvant plus contenir son émotion, le vieillard laissa couler ses larmes sur ses joues séchées par l'âge.

— Pèlerin, murmura la princesse, pèlerin mon père, quelles sont ces larmes de douleur?

— Hélas! hélas, répondit le vieillard, je pleure parce que le Seigneur n'a point daigné nous accorder la grâce que nous venions lui demander à travers les mers.

— Mais, demanda Ilsée, quelles prières furent donc les vôtres?

— Les prières ferventes de nos cœurs n'imploraient pas du ciel quelque faveur pour nous; c'est pour un autre que nous allions faire pénitence, pour le jeune seigneur notre maître qu'une vision surna-turelle poursuivait aux heures sombres de la nuit comme aux heures claires du jour. Les prêtres ont pensé que le démon l'obsédait de ses hantises, ils en ont découvert les signes en consultant des feuillets de parchemins jaunis enluminés de figures étranges, les unes, d'une suavité mystérieuse, les autres terribles et dont la vue seule inspire l'effroi. Mais nous, qui sommes des ignorants, nous ne pouvons vraiment croire que Satan ait pris possession de l'âme si pure et si belle de notre excellent maître.

— Parlez-moi, parlez-moi de votre maître, murmura Ilsée.

— Notre jeune seigneur, reprit le vieillard, porte en ses yeux clairs et doux une expression si touchante qu'on ne saurait le fixer sans se

sentir saisi d'un tendre émoi. Il paraît
toujours vouloir regarder plus loin que les
choses de ce monde; il semble n'attacher
aucun prix aux richesses qui l'entourent;
il fuit les salles somptueuses du vieux castel
pour se réfugier au bord de l'étang couvert
de nénuphars, et là, sous l'ombre d'un saule
au feuillage léger dont les longues branches
caressent la surface de l'eau, il passe des
journées entières à contempler le miroir
frissonnant qui semble refléter pour lui une
image inconnue. Il préfère à toutes les
autres les heures incertaines de l'aube
naissante, celles aussi du crépuscule où la
lumière pâlie donne à toutes choses des
formes indécises, où les silhouettes des
arbres ressemblent à des fantômes.

Sa bonté est si grande qu'il n'a jamais
pu voir verser une larme sans être ému;

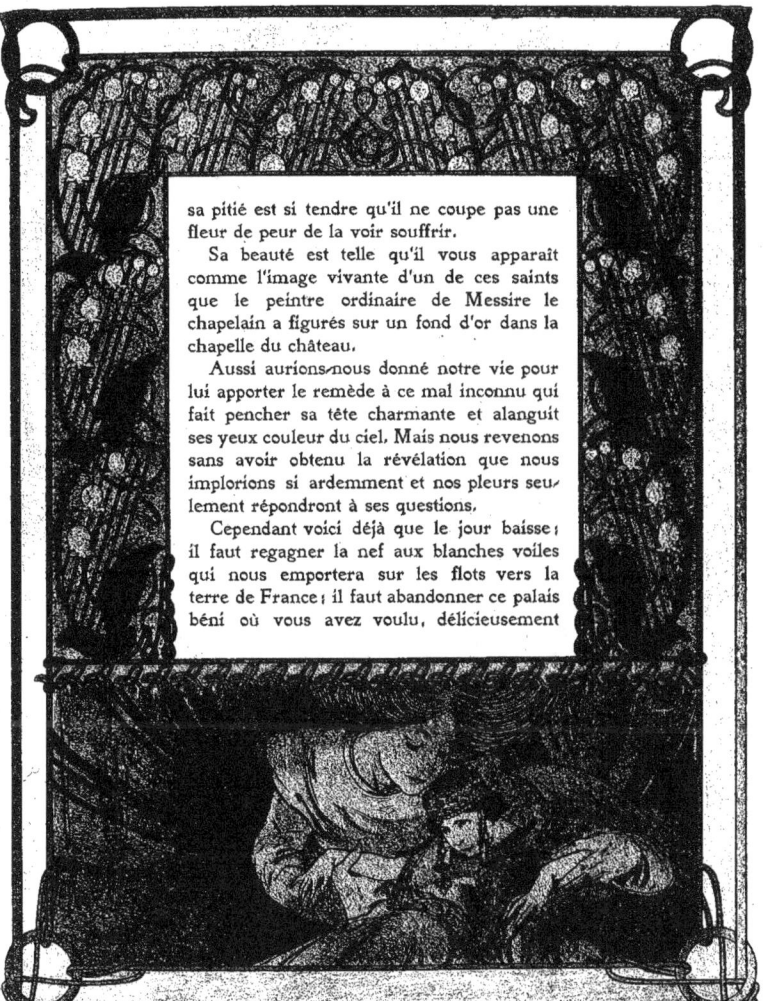

sa pitié est si tendre qu'il ne coupe pas une fleur de peur de la voir souffrir.

Sa beauté est telle qu'il vous apparaît comme l'image vivante d'un de ces saints que le peintre ordinaire de Messire le chapelain a figurés sur un fond d'or dans la chapelle du château.

Aussi aurions-nous donné notre vie pour lui apporter le remède à ce mal inconnu qui fait pencher sa tête charmante et alanguit ses yeux couleur du ciel. Mais nous revenons sans avoir obtenu la révélation que nous implorions si ardemment et nos pleurs seulement répondront à ses questions.

Cependant voici déjà que le jour baisse; il faut regagner la nef aux blanches voiles qui nous emportera sur les flots vers la terre de France; il faut abandonner ce palais béni où vous avez voulu, délicieusement miséricordieuse, étancher l'ardeur de notre soif, panser nos plaies et ranimer nos forces défaillantes.

La princesse paraissait plongée dans une profonde rêverie ; elle répondit seulement par un sourire mystérieux au discours du pèlerin ; puis, montant dans sa litière traînée par des biches blanches, elle voulut les accompagner jusqu'à la mer. Elle les vit monter sur le vaisseau, elle les vit lever vers elle en signe de bénédictions leurs mains reconnaissantes et demeura debout, si près du flot que la vague, en déferlant, couvrait ses pieds de blanche écume, longtemps, longtemps encore après que le plus haut mât fut devenu invisible, regardant toujours au-delà de la mer profonde. Sans cesse l'horizon semblait reculer, s'évanouir sous des cieux nouveaux à travers lesquels son rêve marchait sur une voie d'étoiles.

III
PARTIE

CHAPITRE I

Depuis une saison que les pèlerins avaient quitté le territoire de Blaye, Jaufré Rudel avait vu lentement se préciser sa vision. Maintenant il connaissait son visage, la profondeur de ses yeux, la douce beauté de ses regards. Si réellement une femme vivait quelque part, dont cette forme n'eut été que l'émanation et qu'elle se fût présentée à lui, il l'eut reconnue tout de suite. Il se fut élancé vers elle et prosterné à ses genoux, baisant ses pieds et assurant son cœur de son éternel amour.

Mais cependant la dame du Rêve ne lui apparaissait plus seule.

Tendue vers elle il voyait parfois une tête
grimaçante; il pensa que c'était la figure de
son désir.

Il avait abandonné les longues promenades
d'autrefois. Il lui arrivait maintenant d'abattre
du bout de sa dague toutes les fleurs
d'églantier que jadis il protégeait même
contre la voracité des oiseaux du ciel, et les
pâles renoncules de l'automne, rendues plus
touchantes par la mort prochaine, ne trouvaient pas grâce devant lui. Autour du
visage diaphane de sa vision, les lys jadis
triomphants, jadis de neige et d'or étaient
maintenant fanés, leurs parfums oubliés
s'étaient envolés sous le souffle trop violent
de la vie. La chimère du vitrail de la
chapelle avait perdu sa muselière de roses.

Jaufré pensait autrefois que la véritable
poésie ne devait pas être fixée, pas écrite, et

que le calame d'or était indigne de tracer
sur le parchemin les signes du Rêve. Et
maintenant le flot tumultueux de vie qui
débordait de son cœur voulait une expression
immédiate. Et Jaufré écrivait des vers.

Mais le chevalier conservait son cœur
pur ; les femmes le trouvaient toujours aussi
farouche et la comtesse Clarette, qui tenta de
nouvelles démarches auprès de lui, ne fut
pas mieux accueillie qu'autrefois.

Jaufré attendait avec une grande impa-
tience le retour des pèlerins. Il confiait ses
inquiétudes au savant Ebler qui s'efforçait,
par les chiffres cabalistiques qu'il traçait de
sa main osseuse sur le sable des allées, de
deviner le jour bienheureux où la sainte
troupe apparaîtrait au seuil du pont-levis.
L'excellent prieur Adalbert était mort d'un
engraissement du cœur après le festin du
jour de Pâques pour lequel on pilla les
épinettes de la chapelle. Dame Huguette
avait été reléguée comme folle dans un
couvent de Provence.

Jaufré dédaigna les vaines contemplations
dont il berçait jadis sa mystérieuse mélancolie.
Son rêve, désormais en marche vers la
réalité, n'écartait plus de son esprit la pensée
de la gloire que valent au bon chevalier les

nobles exploits. Aussi résolut-il de partir et de
tenter les aventures de la guerre, mais c'était
toujours pour sa dame, pour sa vision dont il
voulait se rendre digne par sa vaillantise.

La gracieuse Eymardine le questionnait
sans cesse sur la cause des changements
qu'elle observait en lui, et Jaufré lui répondait de ne point s'inquiéter et d'espérer
toujours en un doux avenir.

— Et vous, petite sœur, murmurait Jaufré,
comment va votre bonheur?

— Mon bonheur, mon frère, est plus
aimable que jamais; chaque soir ma promenade me conduit jusqu'à la chaumière de
verdure fleurie de celui que j'aime, de ce
seigneur d'Italie dont je vous ai souvent entretenu, et qui a les yeux si pâles et si beaux.

— Sa chanson est toujours aussi douce?

— Toujours! Hier même, j'ai approché
mon front des vitres, jamais je ne l'avais aussi
bien vu; je pense qu'il a failli me sourire, et
j'ai cru un instant qu'il allait interrompre sa
chanson pour me parler.

— Ah! Eymardíne, soyez prudente pour
votre amour, n'approchez point trop votre
front de la vitre! La vitre est chose légère,
souvent un souffle la brise, et les magiciens
disent que ce peut être la cause de très grands
malheurs. Les paroles aussi sont cruelles, elles
sont trop précises; elles laissent s'échapper et
s'évanouir ce qu'elles expriment, et peut-
être que si le seigneur de Florence avait
interrompu le concert qu'il donne à votre
âme, ses yeux auraient perdu pour vous tout
leur éclat. Veillez à votre rêve, ma sœur,
veillez sur lui. C'est un petit enfant qui
sommeille au berceau de votre âme, prenez
garde, ne le réveillez pas! Demain j'aurai
quitté les grasses prairies que baigne la rivière
Gironde, je vais chercher en d'autres pays
quelque renommée pour revenir bientôt ensuite goûter le fruit des prouesses que j'espère
accomplir.

Eymardine et Jaufré se séparèrent; et le
lendemain, suivi de quatre hommes d'armes,
de plusieurs varlets et gens d'écurie, le
seigneur Rudel partit pour la cour de France.
Pendant six longs mois, il ne fut bruit que
des exploits de Jaufré Rudel. Il combattit les
Comtes Angevins et les Normands révoltés.
Ailleurs, en une seule journée, il abattit en
combat singulier dix-huit chevaliers hon-
grois, dont il rapporta les éperons d'or ciselé.

Une autre fois, au Val des Dunes, il défendit à lui seul un étroit défilé que les cadavres de ses victimes nivelèrent. On le vit encore dans la forêt de Chartres délivrer le pays des brigands qui le désolaient.

Malgré toute la renommée que lui valaient ces brillants exploits, Jaufré sut n'en pas tirer orgueil, et il resta modeste et bon. En dépit de toutes les provocations galantes que lui attirèrent ces fières chevauchées, jamais il ne se départit de son dédain pour les femmes.

On lui reprochait de ne pas aller aux réjouissances et aux festins où il eut été acclamé par toute la noblesse de France.

« Ne serait-ce pas vilenie, répondait Jaufré, que je sois glorifié pour des prouesses que je ne saurais accomplir sans ma douce suzeraine? C'est elle qui me donne bon bras et bon espoir, car je ne crois pas vraiment que le glorieux Amadis, ou même messire Olivier, aient eu de plus gente chevaleresse pour les assister au combat et leur donner la force et le courage. »

Un jour pourtant, dans une lande d'Armorique à travers laquelle il poursuivait les pirates de rivière qui, remontant le cours des fleuves,

pillaient et dévastaient les récoltes et les
moissons, il faillit céder sous le nombre des
ennemis ; mais par un prompt et miraculeux
retour de fortune, ceux-ci perdirent soudain
toute assurance et ce fut à travers les
rochers aux silhouettes étranges et terribles
un épouvantable carnage. Les cadavres par
monceaux couvrirent la plaine ; les ruisseaux
coulèrent rouges de sang, et lorsque l'obscure clarté de la nuit baigna la plaine, ce ne
fut qu'un champ de dévastation et de silence
où s'éteignaient les dernières plaintes des
agonisants. Le cœur navré d'une si cruelle
victoire, et, comme ses hommes d'armes à
toute bride couraient au pillage de quelques
villages voisins, Jaufré s'agenouilla et récita
tout bas la prière des morts. A côté de lui,
deux jeunes hommes, blessés au cœur d'un
coup de lance, sommeillaient à jamais, presque embrassés. Plus loin, un vieillard, dont
les cheveux blancs s'étaient soudain teintés
de la pourpre des batailles, gisait les mains
jointes pour les litanies ; un soudard, écrasé
contre un rocher, portait à sa lèvre crispée

par la souffrance le gobelet d'étain pendant
à sa ceinture. Partout, partout le dernier
geste de la vie surpris et figé par la mort.
L'horizon s'enflamma, les papillons de nuit
se posèrent sur les yeux clos des cadavres
tandis que les corbeaux, encore timides, pré-
paraient sur les silex leur bec vorace pour la
curée prochaine.

Et Jaufré se prit à sangloter tout bas :
« Las! Las! quelle sombre et ironique des-
tinée me conduisit en cette plaine que mon
stupide courage jonche du corps de tous ces
pauvres gens, espoir de leurs parents, véné-
ration de leur famille! Et vous, ma dame
de Rêve, qu'êtes-vous devenue? Pourquoi,
dans ces tristes heures, pourquoi m'avez-vous
abandonné? »

Entre les pierres gigantesques, une forme
glissa, silencieuse, éclairant l'ombre sur son
lumineux passage.

« C'est vous, murmura Jaufré, c'est vous! »

Comme autrefois, elle était vêtue de longs voiles blancs flottant gracieusement autour d'elle; comme autrefois, ses yeux brillaient ainsi que les eaux profondes des étangs dans les ténèbres, lorsque la clarté de la lune les inonde.

« C'est vous, c'est vous! » répéta Jaufré.

Et pour la première fois la vision parla:

« Oui, c'est moi, je suis venue vers vous, miséricordieuse; la beauté du Rêve que nous avons formé l'un pour l'autre est menacée. Partez, retournez vers les horizons accoutumés, fortifiez-y votre espoir de votre souvenir et, douce comme autrefois, je vous sourirai. »

Et Jaufré s'aperçut avec terreur que l'extrémité des voiles qui l'enveloppaient, si blancs que la neige immaculée eut paru terne et grise auprès d'eux, était toute rose de sang. Il eut voulu parler encore, supplier, effacer sous les larmes cette trace sanglante; mais la vision avait disparu dans la lande grise; et les corbeaux, avec de sinistres croassements, s'abattirent sur la plaine jonchée de cadavres refroidis.

Le lendemain, Jaufré remit au roi l'épée

que celui-ci lui avait confiée pour combattre
les ennemis, et en une mélancolique che-
vauchée, le chevalier regagna son lointain
pays. Ses larmes coulèrent en serrant la
main de ses vassaux attendris et troublés de
revoir dans cet illustre seigneur, le maître
qui les avait quittés simple chevalier. Ce fut
aussi pour Jaufré la joie la plus exquise de
presser entre ses bras le corps jeune et frêle
d'Eymardine, dont les joues devinrent toutes
roses d'être embrassées.

Mais ce bonheur ne dura guère ; minées
par un mal secret, les forces de Jaufré dimi-
nuaient chaque jour ; on appela pour le
soigner Giovanni Hesperus, célèbre médecin
de Venise, réputé pour son habileté dans
l'art de guérir. Le savant usa en vain des
baumes les plus rares et même de ses
précieux élixirs composés de fleurs cueillies

aux sommets les plus élevés du Caucase.

En dépit de ces soins, Jaufré ne recouvra point la santé. C'était grand'pitié pour tous ceux qui approchaient le vaillant chevalier, que de voir son pauvre visage amaigri et sans couleur. C'est à peine s'il pouvait faire quelques pas, appuyé sur le bras du savant Ebler qui, d'ailleurs, lui avait proposé, pour soutenir ses forces chancelantes, la paire d'ailes dont il achevait la confection.

L'attente des pèlerins était devenue pour Jaufré une douleur sans cesse renouvelée :

« Hélas, hélas ! disait-il, la tempête les aurait-elle engloutis, ou le pilote mala-droit aurait-il oublié la combinaison des étoiles ? »

Et il envoyait des messagers du côté de la Mer Intérieure dont les courtes marées assurent aux peuples qui habitent ses rivages la douceur d'un climat tempéré. Mais ces messagers revenaient et disaient :

« Maître, nous n'avons rien vu que les oiseaux qui, par bandes,
s'envolent vers la mer. »

Et des larmes nouvelles, sur les joues de Jaufré, suivaient les sillons
déjà tracés.

Un jour, pourtant, le pauvre seigneur poussa sa promenade plus loin
que de coutume; il atteignit le sommet d'une montagne voisine, et dans
un horizon reculé, plus doux et plus lumineux que jamais, il vit s'avancer
la vision radieuse. Le cœur transporté d'un espoir nouveau, il précipita
ses pas vers le castel, et à peine était-il arrivé à la lisière de la forêt,
qu'il perçut des voix lointaines qui, douloureusement, murmuraient :
« Nous avons eu froid, nous avons eu faim, nous avons eu soif; nos
pieds ont saigné sur les durs cailloux des routes, les ronces de la forêt
ont déchiré nos mains..... »

CHAPITRE II

Les pèlerins, en achevant leurs saints cantiques, pénétrèrent dans la salle basse du château. Jaufré, avec transport, les serra entre ses bras; mais il s'aperçut que des larmes coulaient de leurs yeux :

« Eh quoi, s'écria-t-il, me rapportez-vous donc de votre pieux voyage quelque funeste prédiction ? »

— « Maître, dit le plus vieux des pèlerins, c'est avec une profonde douleur, malgré la joie de retrouver mes enfants qui m'attendent serrés autour du foyer, que je viens te dire le silence de Notre-Seigneur lorsque nous lui avons demandé pour toi la grâce de sa lumière. »

Jaufré ne sembla éprouver aucune déception. Il demanda à ses fidèles envoyés de lui narrer les aventures de leur long voyage. Ils s'en acquittèrent avec respect et modestie; ils dirent leurs pieuses extases durant leur séjour auprès du Saint-Sépulcre; ils vantèrent la beauté du ciel d'Orient et la douceur des nuits pleines d'étoiles. Ensuite, ils racontèrent comment, au retour, les vents et les courants contraires ayant jeté leur vaisseau à la côte africaine, ils avaient été recueillis par une châtelaine, la princesse de Tripoli. Alors, tous les pèlerins voulurent prendre la parole, mais sur les observations de Jaufré, chacun à son tour loua leur lointaine bienfaitrice.

Ils la dépeignaient avec enthousiasme et maintenant leur langage traduisait le mélange d'ineffable volupté et de sainte ferveur dont le souvenir les ravissait encore ;

« Sa voix, disaient-ils, est mélodieuse et tendre et ses yeux ont des

« reflets changeants dont la douceur est infi-
« nie; elle est d'une haute taille et sa démarche
« est noble et gracieuse. Le palais où elle
« demeure exhale des parfums qui charment
« sans enivrer, et de larges flambeaux faits
« d'or et de nacre marine éclairent les vastes
« salles tendues de riches étoffes. Sa table
« est couverte des mets les plus exquis : la
« dorade de Memphis y côtoie la grive du
« Liban et les chaudes couleurs des vins
« de Chio brillent à travers les flacons de
« pur cristal aux bouchons d'émeraude. Le
« soir, la princesse traverse lentement des
« jardins où les jets d'eau retombent en
« chantant dans des bassins de jaspe et de
« lapis, tandis que des oiseaux aux couleurs
« éclatantes y trempent silencieusement le
« bout de leurs ailes. Elle glisse comme une
« ombre, dans les allées de lauriers-roses et
« d'arbres aux larges feuilles, vêtue de robes
« blanches qui flottent autour d'elle. Dans le
« rayonnement de sa grâce et de sa beauté,
« toutes choses s'adoucissent et elle semble
« quelque sainte orientale, dont le royaume
« serait de ce monde. »

Une joie immense se peignit sur le visage
de Jaufré. Maintenant, il savait le nom de
celle qui habitait en son cœur depuis de si
longues saisons. Elle existait quelque part,

sur une côte lointaine, toute baignée de claire lumière ; il la verrait, oh
oui, il la verrait, et il éprouvait confusément la joie de la certitude, de
la réalité, sans que s'évanouisse la mélancolie du rêve.

« Je partirai, s'écria Jaufré, j'irai par les routes de la mer vers les
« rives où elle habite ; la vie me quittera bientôt. Mais je veux suivre
« les destinées méditées par le ciel et j'irai, non point tout d'abord vers le
« palais de la vision, — je n'ose encore lui donner son nom véritable, —
« mais, la poitrine barrée de la croix de laine rouge, vers les saintes
« montagnes de Judée. Ne faut-il point toujours, quel qu'en soit l'objet,

« lorsqu'il s'agit d'amour, approcher les lèvres
« de la plaie toujours béante qui en fut la
« source même et qu'ouvrit le fer de la lance
« aux flancs de Notre-Seigneur le Christ.
« J'irai donc, humble croisé, vers la Terre-
« Sainte, je m'agenouillerai sur les pierres
« sacrées et, s'il me reste encore un souffle
« de vie, je reprendrai la mer pour l'exhaler
« aux pieds de ma mystérieuse compagne. »

Le lendemain soir, il fit ses adieux à ses
serviteurs :

« Bientôt, je reviendrai pour ne plus vous
quitter, leur dit-il. Ne manquez pas de prier
le ciel pour moi durant mon absence et que
mon souvenir reste toujours auprès de votre
cœur. »

Et se tournant vers le chapelain, dont la
grâce sévère avait remplacé le florissant
embonpoint du pauvre Adalbert : « Bénissez-
moi, mon Père, et que les colombes célestes
viennent chanter au-dessus de ma tête. »

Et Jaufré, genoux en terre, écouta hum-
blement les paroles latines que le prêtre
prononçait, la voix entrecoupée par les
sanglots.

Puis, ayant pleuré longtemps sur la blonde chevelure d'Eymardine, il lui dit : « Adieu, adieu, petite sœur, prends bien garde de t'approcher trop de la vitre. Qu'il ne parle jamais! Qu'il chante toujours! »

Enfin, le seigneur réunit les pêcheurs et les mariniers qui devaient l'accompagner dans son voyage ; chacun d'eux, à la voile de sa barque, avait pris quelques fils de chanvre qu'il avait mêlés à un cheveu de sa femme ou de sa maîtresse, afin d'évoquer plus facilement dans son lointain voyage, grâce à ces précieuses reliques, le paysage familier de la terre natale.

Par les plaines de France, si doucement blondes dans l'atmosphère limpide, Jaufré revêtu de la cotte grise et de la croix de laine rouge, gagna le port où il devait s'embarquer sur les rivages de la Mer Intérieure.

La nef qui devait l'emporter vers les côtes lointaines était déjà toute parée pour le voyage ; les mariniers et les pêcheurs gagnèrent leur poste, et Jaufré, ayant embrassé le chapelain et lui ayant encore une fois confié la pieuse garde de sa sœur Eymardine, disparut derrière les voiles légères.

Le soir descendait doucement sur la côte, la silhouette des montagnes

se voilait d'une brume si légère que les derniers rayons du soleil la dissipaient par endroits en y mêlant de furtifs reflets. L'azur du ciel se confondait avec les teintes mauves et roses des hautes cimes ; les bois qui les couronnaient nuançaient cette écharpe mystérieuse du pâle éclat des oliviers au feuillage mélancolique. Le vent était tout imprégné du parfum des jasmins et des lauriers-roses, on apercevait encore au loin les haies embaumées où s'épanouissent les corolles blanches, ou jaunes, des cystes, les calices délicats des myrtes, les baies rouges des arbousiers, dernier bouquet qu'envoyait aux voyageurs la terre de France et que semblaient nouer pour les porter jusqu'au vaisseau, les chevelures mêlées des algues marines.

Et déjà la proue majestueuse fendait les flots, laissant sur son passage un sillon d'écume, et les voiles blanches enflées par la brise paraissaient de gigantesques mouettes, battant l'air de leurs ailes.

Jaufré, étendu sur le pont du navire, contemplait l'enchantement de cette soirée merveilleuse. Déjà le pays de France était loin, bien loin; la mer s'étendait maintenant comme le ciel, sans qu'aucune terre vint borner la vue; c'était un double infini. La course rapide du vaisseau sur la plaine lumineuse et miroitante, qui s'obscurcissait et s'avivait suivant les caprices de la brise, bouleversait tout un monde de reflets; tantôt les astres qui brillaient sur l'eau semblaient s'éteindre, tantôt ils se rallumaient plus étincelants. Puis les brouillards de la nuit s'élevèrent de la mer; mais pour Jaufré, ils ne cachaient point la vision radieuse qui le suivait dans le sillage du navire :

— Pilote, disait-il, pilote, conduis-nous à la terre de Judée.

Et le pilote répondait :

— Maître, les étoiles me guident; elles sont brillantes, ce soir; maître, n'aie pas peur !

Et les heures de la nuit s'écoulèrent. Puis l'aube se leva.

Peu à peu, la lumière devint intense,
comme rayonnante; elle inonda la mer qui
perdit ses suaves couleurs d'héliotrope pour
devenir presque blanche et comme d'argent
mat. Striant la nappe tant unie, une longue
file d'oiseaux serrés les uns contre les autres
et formant comme un banc de neige se
laissait balancer par la vague. Le bruit des
flots et le petit sifflement de la brise dans les
voiles latines troublaient seuls cette grande
paix, qui enveloppait Jaufré d'une torpeur
délicieuse.

Et durant de longs jours, ce fut ainsi.
Jaufré sentait ses forces s'épuiser et contemplait doucement le ciel et la mer.

Mais le calme des vents laissait parfois
le navire immobile et les pêcheurs se déses-
péraient :

— Maître, maître, disaient-ils, la terre est
lointaine encore, lointaine.

— Ne craignez rien, répondait Jaufré, une
dame si belle et si bonne que j'ai longtemps
douté qu'elle existât, nous protège.

Et Jaufré entretenait ses humbles compa-
gnons de son ineffable souveraine. Entre le
ciel et la mer, tout semblait murmurer
l'hymne de la mystérieuse princesse.

Les alcyons tournoyaient en criant autour des cordages et le vent du large dans les voiles chantait doucement : « Ilsée, Ilsée ! »

Les mariniers, brisés par la fatigue de la manœuvre, se soulevaient péniblement et implorant du regard le chevalier, murmuraient : « Ilsée, Ilsée ! » Et Jaufré, se redressant dans un suprême effort : « Ilsée, Ilsée ! quelle musique est aussi douce que son nom ! Elle mènerait à la victoire tous nos frères qui partirent ayant pris la croix et l'esclavine, mais nos frères ne l'entendent point, celle qui est notre dame d'Amour, notre dame d'Espoir, notre dame de Rêve et de Mélancolie ! Ils ne l'entendent point et leurs bandes généreuses périssent au

bord des fleuves où ils étanchent trop large-
ment leur soif ; ils périssent loin des horizons
familiers. »

Mais Jaufré refusa bientôt tous les aliments
qui lui étaient offerts. Il ne répondit plus à ce
qu'on lui demandait, et sembla avoir perdu
l'usage de la parole. Pourtant, il restait obsti-
nément tourné, durant des heures entières,
le regard fixe, vers l'Orient, d'où le soleil
monte à travers les nuages.

C'était la mort, la mort prochaine. Un
marinier affirma avoir vu la face hideuse de
la camarde apparaître, au crépuscule, au
sommet du grand mât.

Subitement, les vents changèrent, et, sans
que la lutte fut permise au pilote, comme si
une force surnaturelle voulait abréger le
voyage et conduire plus vite vers l'oasis où

vivait son rêve, le pauvre seigneur, le vaisseau fut rapidement entraîné vers le sud ; si
bien, qu'un matin, à l'aube, une ligne grise
à peine perceptible émergea des flots tranquilles ; on eut dit des nuages qui montaient
de la haute mer. Mais, peu à peu, le rivage
se dessina, s'étendit. La brise, plus tiède et
plus vive, annonça la côte voisine; des masses
plus sombres se détachèrent sur l'horizon
et l'on distingua nettement la verdure des
grands bois, les ombres bleues des collines,
la silhouette élégante des palmiers. C'était
la terre d'Afrique, brillante dans la joie de
la matinée.

Quelques heures après, le navire abordait
et, sur leurs bras vigoureux, les mariniers
portaient sur la plage le corps inanimé de
leur maître.

CHAPITRE III

Les mariniers et les pêcheurs, ayant réuni quelques palmes, firent un lit sur le sable chaud; ils y couchèrent leur seigneur.

Tout à coup, Jaufré ouvrit les yeux et, étendant la main vers le feuillage de l'oasis : « Là ! » dit-il.

À l'entrée du bois apparaissait, blanche et lumineuse, toute simple dans sa grâce radieuse, la chère vision, telle qu'il

l'avait toujours vue depuis les temps lointains
où sur l'eau foncée des étangs elle se montrait
à Jaufré adolescent, dans la mélancolie des
après-midi d'automne; mais plus abandonnée,
plus souriante, plus harmonieuse, plus prête
à livrer le secret de sa mystérieuse existence.

En un temps fabuleusement bref, quelques
minutes, quelques secondes, la gracieuse
apparition eût parcouru le chemin qui la
séparait encore des pêcheurs. Lorsqu'elle fût
près d'eux, ils se prosternèrent pieusement
comme si quelque madone inconnue eut porté
vers eux ses pieds divins. Mais les pêcheurs
voulurent parler : « C'est notre seigneur,
dirent-ils, c'est notre maître qui va mourir,
qui est mort peut-être. »

— Non, il n'est pas mort, dit un vieux
marinier dont le visage ravagé, les yeux
rougis attestaient les souffrances éprouvées.
Non, il n'est pas mort. La mort est rude, elle
fait crier ceux qu'elle embrasse.

— Je sais, je sais reprit Ilsée, c'est votre
seigneur ; il est doux et tendre, il vient d'un
lointain pays. Bien que ses yeux soient clos
et que je ne l'aie jamais vu, je connais ses
yeux ; ils sont doux et profonds comme ceux
de la mer aux heures mélancoliques du
crépuscule. Depuis plusieurs saisons déjà,
depuis que des pèlerins, vos frères, ont
visité ma demeure, où les conduisit, comme
vous aujourd'hui, la douce fureur des vents,
j'ai vu son image silencieuse glisser dans les
allées le soir, tourner les étangs endormis,
et disparaître au détour du sentier. Qu'il
dorme, le cher seigneur, ne le réveillez
pas. Depuis longtemps je le connais, depuis
longtemps ma pensée, comme des fleurs
d'espérance, est penchée sur lui. Ne le réveillez pas. C'est mon ami.

Une litière traînée par deux biches, l'une
à la robe de neige, l'autre, toute semblable,
mais au pelage noir, tacheté de blanc, glissait
sur le sable. Les mariniers y placèrent le
corps de leur seigneur et la troupe silencieuse, émue d'un charme étonné, se dirigea
vers le bois de l'oasis, vers le bois où les
azalées roses et les roses rhododendrons
s'étaient subitement fanés devant la gloire

funèbre des iris et des pensées, de toutes les fleurs de la tristesse
prochaine.

Et ils parvinrent au palais de la princesse, au palais de grâce légère,
dans la douce beauté du matin.

Comme si l'hôte agonisant avait été attendu, une couche merveilleuse
de lis blancs était préparée dans la grande salle où jadis s'épanouissaient
de plus éclatantes corolles. Lorsque Jaufré y reposa, doucement, d'un
pas furtif, tout un monde de jeunes serviteurs aux yeux clairs, de
femmes au regard étonné, entourèrent la princesse. Et il y en avait
tant et tant, que beaucoup ne pouvaient entrer et restaient dans les
allées du parc; et le parc n'était pas assez grand pour les contenir et
il y en avait jusque sur la plage, jusqu'aux confins du désert; car
vraiment il ne manquait personne à cette fête de la mélancolie.

Des musiques très lointaines, très lointaines, s'éveillaient si

faibles qu'on aurait cru entendre chanter
doucement le vent à travers les grandes
forêts du Ciel,

Mais l'ineffable concert se tut soudain,
Jaufré ouvrit les yeux :

« Oh! Ma Dame de Rêve, se peut-il que
si grande félicité me soit donnée! Vos mains
sont douces à mes yeux comme celles dé la
chère Vision qui m'a fait la vie si belle,
Jamais votre souvenir ne m'a quitté, Jamais
votre espérance ne m'a abandonné. Oui, ces
mots pour nous avaient même sens, nous
n'avions point de regrets; on ne regrette
jamais ce que l'on rêve, et notre espérance
était comme le souvenir de la bonté divine.
Car véritablement nous sommes sortis en-

semble du sein de Dieu, et nous nous
retrouvons après avoir donné au monde
la parole de mélancolie qui lui permettra
d'oublier l'action stérile et de ne pas vivre
la vie.

Princesse, je vois bien que vous êtes
ma sœur de mélancolique charité, et mes
yeux s'attachent aux vôtres comme ceux de
tous ces braves mariniers qui m'entourent
se fixaient sur les étoiles lorsqu'ils allaient
entrer dans la nuit. Voici que j'ai été jusqu'au
bout de mon rêve, qu'il faut lui dire adieu et
quitter les invisibles régions où il règne.
Donnez-moi vos mains..... »

Elle lui tendit ses mains, Jaufré les posa
sur ses yeux, et l'âme du seigneur fut mer-
veilleusement rafraîchie. Alors, comme la
mort était là, comme les ennemis du Rêve
s'étaient enfuis, l'agonisant, par un effort
suprême, se souleva sur son lit parfumé ;
éperdument ses yeux virent, ses oreilles
entendirent, son âme respira l'âme des fleurs

qu'il avait tant aimées, et ses lèvres allaient
toucher les lèvres d'Ilsée, les lèvres de sa
vision, lorsque la vie s'envola, tandis que
toutes les colombes du rivage venaient briser
leurs ailes palpitantes contre les vitraux de
la grand'salle.

La sérénité des yeux de la princesse ne se
troubla point et, prenant aux mains des
femmes qui l'entouraient des voiles remplis
de fleurs, elle les sema sur le corps du
chevalier :

« Je vous apporte en ces voiles d'humbles
fleurs que mon seul amour a fait naître.
Voici les roses églantines, voici les simples
violettes, j'en ai parfumé mes mains et mes

cheveux, j'en ai semé la route, et j'en glorifie
la croix rouge que vous portez sur votre cœur
qui ne bat plus qu'à peine. Ma pensée, toujours tournée vers les rivages lointains du
pays de France, a semé dans les parterres
de mes jardins ces roses et ces violettes;
c'est véritablement elle qui fit naître leurs
moissons modestes et parfumées, et chaque
fois que, loin de moi, vous respiriez leur
parfum, elles croissaient, humides de rosée,
à l'ombre des palmes immobiles. Elles m'ont
dit vos souffrances, elles m'ont dit de vous
aimer et pour cela elles m'ont révélé tout ce
qu'elles savaient de votre cœur et de votre
âme. Les fleurs ont des voix, des voix lointaines et doucement graves. Je leur ai obéi.

Je suis la servante des fleurs. Je vous apporte des roses et des violettes, »

Et ce fut vraiment par les fleurs, l'extrême-onction du Rêve.

Ilsée fit enterrer le corps de son cher seigneur dans un simple tombeau de porphyre brut ; elle n'eut point besoin d'en fleurir les alentours, une forêt de lys y poussa en une seule nuit.

La princesse de Tripoli se retira dans un de ces monastères que des femmes d'Europe avaient fondés sur la côte africaine.

Elle y vécut dans la prière du seul souvenir de son rêve . . . .

Longtemps, dans la ville de Blaye, on attendit le retour du jeune seigneur et le château désert s'écroulait lentement dans l'eau noire

des fossés. Eymardine l'avait abandonné
pour aller s'enfermer dans un cloître.
Un soir, en effet, la jeune fille s'étant
approchée trop près de la chaumière
fleurie où habitait le chanteur inconnu,
la vitre se brisa, les fleurs de la chaumière disparurent, et Eymardine n'eut
devant les yeux qu'une masse de sable
et de boue . . . .

Et tandis qu'en l'ombre pieuse du
monastère, sur les yeux charmants
d'Ilsée, le Rêve posait ses doigts de
fraîche lumière, l'amertume des larmes
voila les regards d'Eymardine, jusqu'au
jour où la mort abaissa leurs paupières
pour l'éternel sommeil.

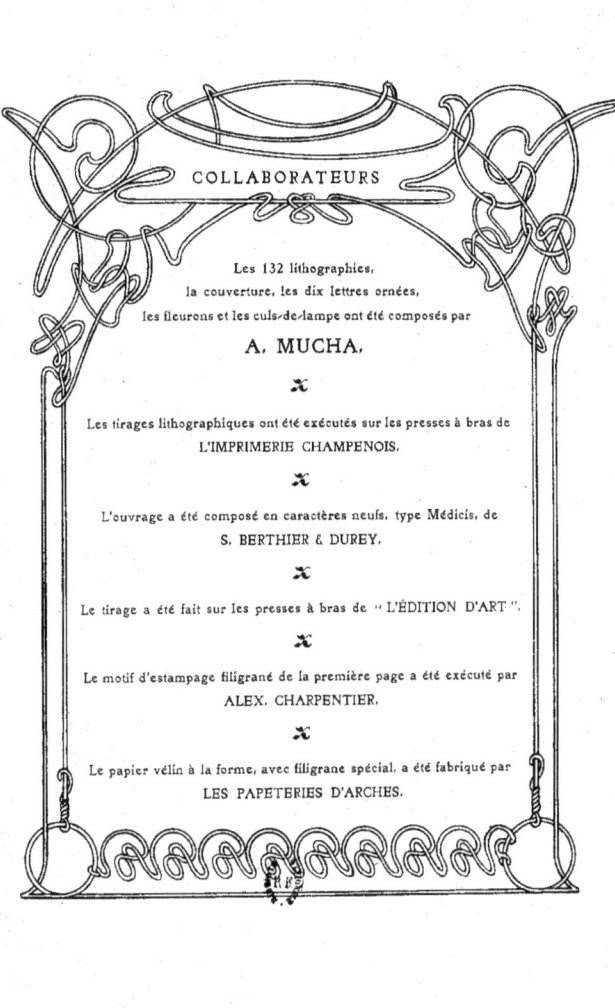

COLLABORATEURS

Les 132 lithographies,
la couverture, les dix lettres ornées,
les fleurons et les culs-de-lampe ont été composés par

A. MUCHA.

x

Les tirages lithographiques ont été exécutés sur les presses à bras de
L'IMPRIMERIE CHAMPENOIS.

x

L'ouvrage a été composé en caractères neufs, type Médicis, de
S. BERTHIER & DUREY.

x

Le tirage a été fait sur les presses à bras de « L'ÉDITION D'ART ».

x

Le motif d'estampage filigrané de la première page a été exécuté par
ALEX. CHARPENTIER.

x

Le papier vélin à la forme, avec filigrane spécial, a été fabriqué par
LES PAPETERIES D'ARCHES.

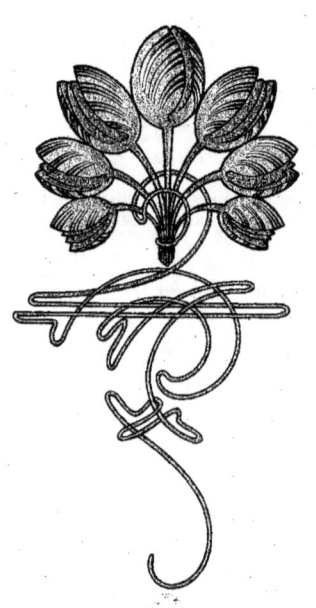

Il a été tiré de cet ouvrage :

252 EXEMPLAIRES

NUMÉROTÉS ET SIGNÉS PAR LES ÉDITEURS.

à savoir :

1 Exemplaire sur parchemin :
1 Exemplaire sur satin :
35 Exemplaires sur japon :
35 Exemplaires sur chine :
180 Exemplaires sur vélin à la forme.

❋❋❋

Les planches ont toutes été détruites
après le tirage.

ACHEVÉ D'IMPRIMER

LE 21 MAI 1897

A PARIS

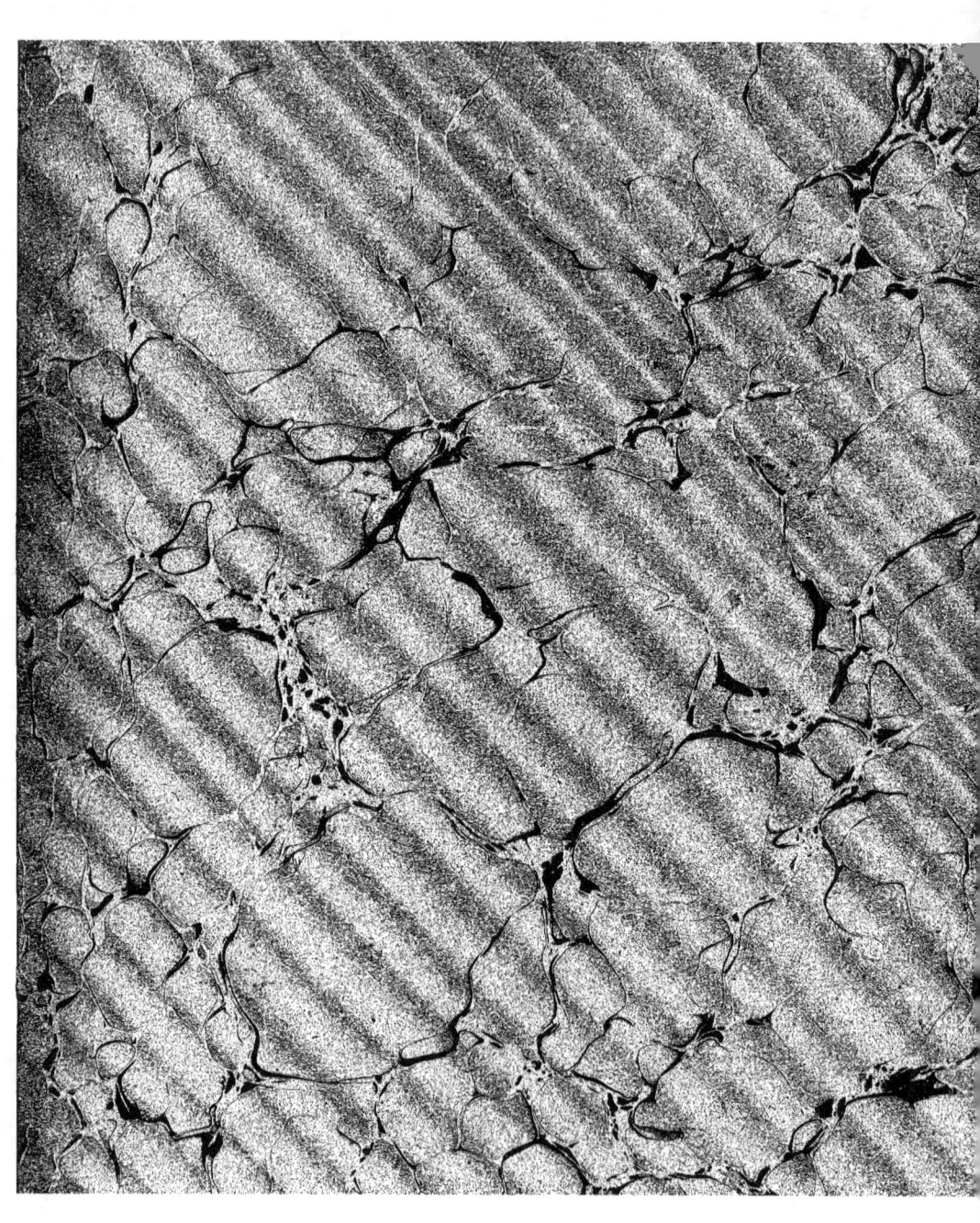

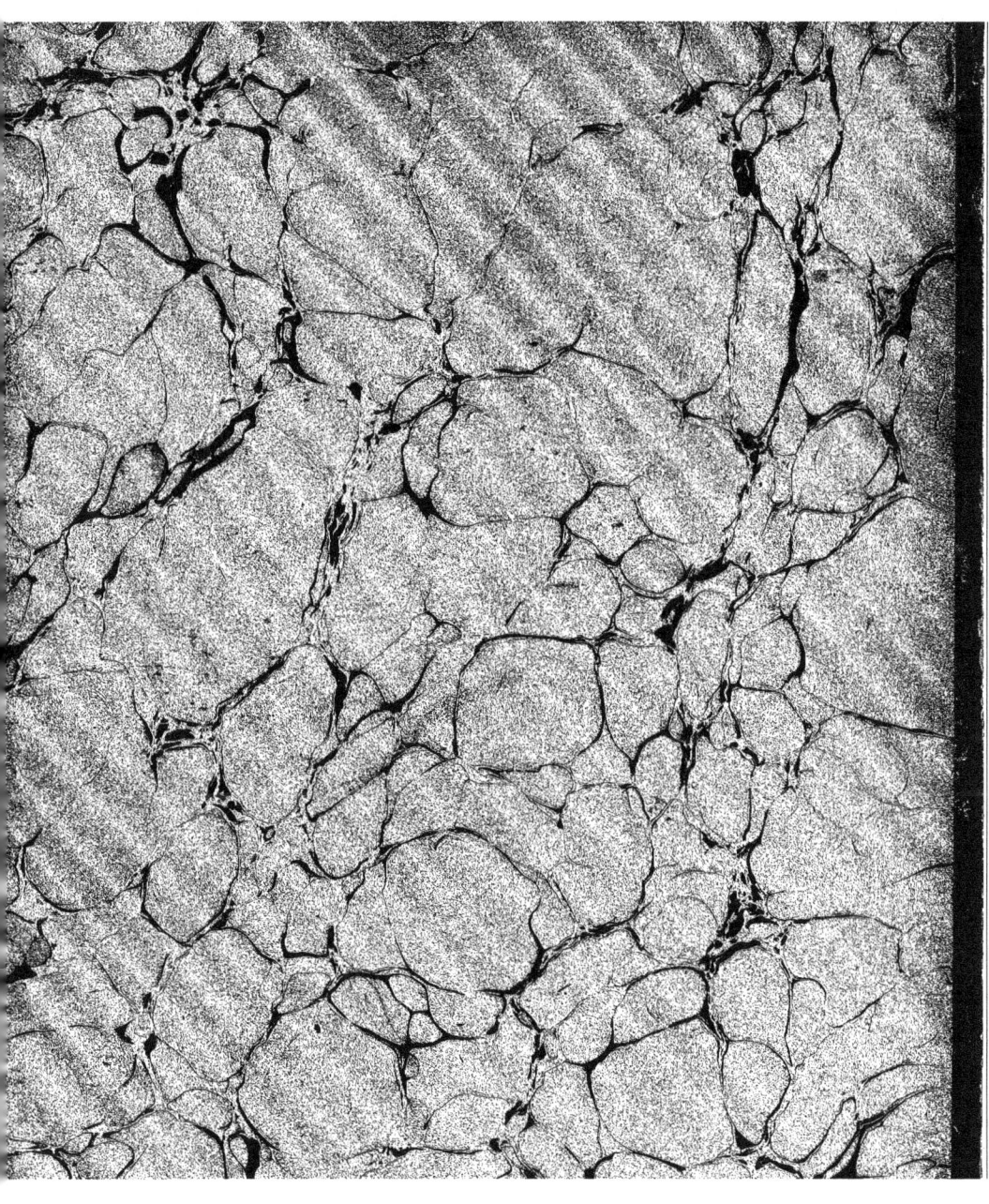

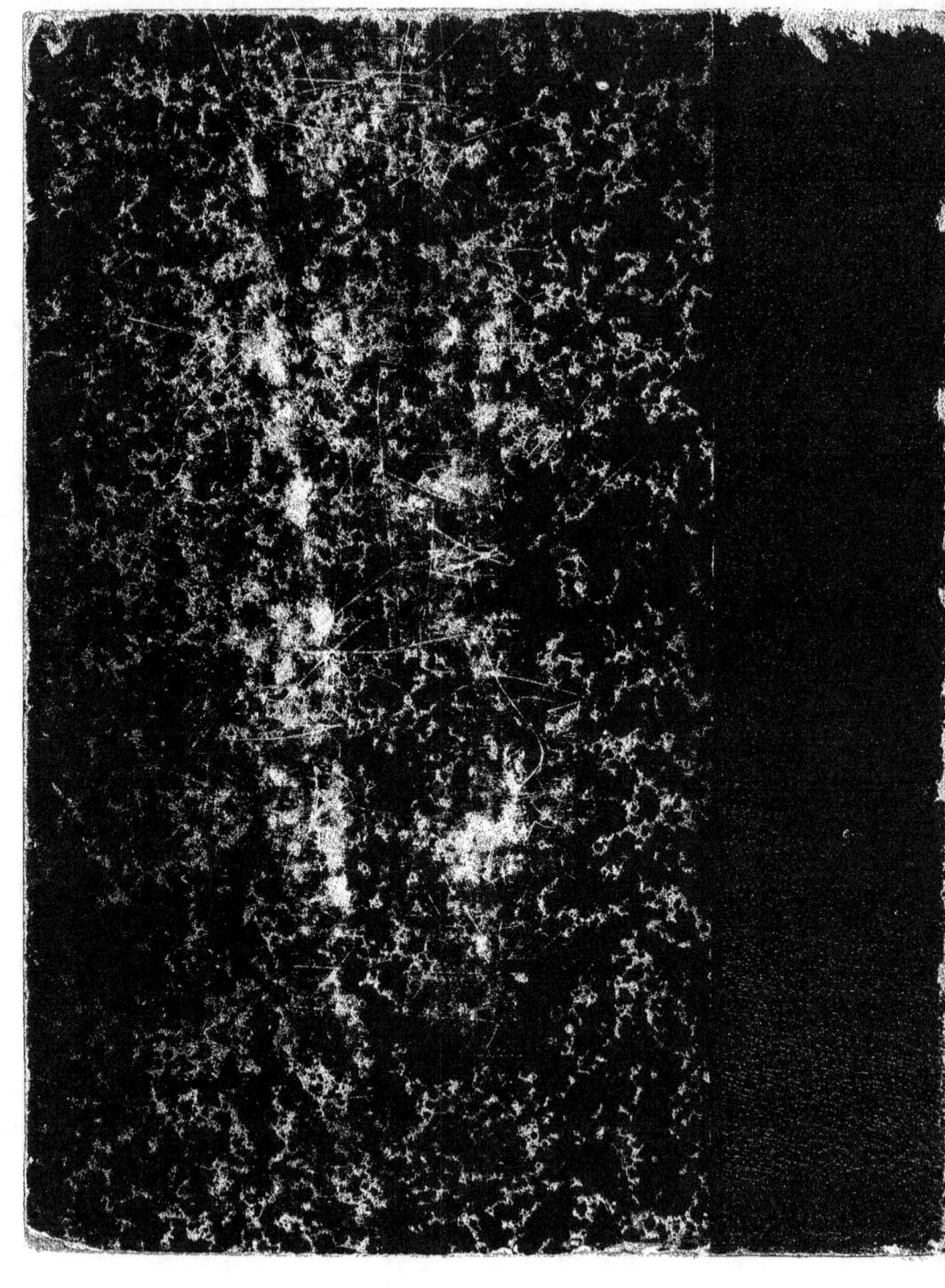

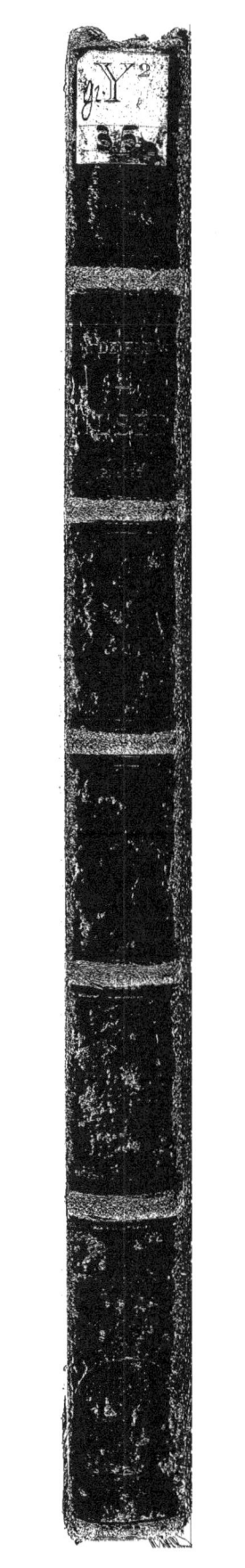